'द्वितीय भाग'

रत्नावली

(साझा संग्रह)

संपादक : आरती प्रियदर्शिनी

दिल्ली-110089, (भारत)

संस्करण : 2020
ISBN : 978-93-89984-28-6

प्रखर गूँज पब्लिकेशन
एच-3/2, सेक्टर-18, रोहिणी, दिल्ली-110089
दूरभाष : 7982710571, 7838505899

पहला संस्करण : 2020
मूल्य : **295/-**

रत्नावली-साझा संग्रह (द्वितीय भाग)
आरती प्रियदर्शिनी

Ratnavali (Part II)
By Arti Priyadarshni

Published by
PRAKHAR GOONJ PUBLICATION
Delhi -110089
E-mail : prakhargoonj@gmail.com, sinha.neelu123@gmail.com
(M) : 7982710571, 7838505899, 01127851059

क्रम तालिका

क्रम	विषय	पृष्ठ संख्या

क्रम	विषय	पृष्ठ संख्या

क्रम	विषय	पृष्ठ संख्या

'द्वितीय भाग'

रत्नावली

(साझा संग्रह)

प्रतिभा श्रीवास्तव अंश

विवाह एक परंपरा...

स्त्री व पुरुष के पारस्परिक,
सम्बन्धों का नाम नहीं विवाह....
विवाह विश्वास का पक्का धागा है,
जिसमे बंधते हैं दो परिवार,
विवाह एक उत्सव है,
जहाँ अग्नि के समक्ष,
लेते व देते हैं वचन,
साथ निभाने का जन्मों तक....
विवाह भीन्न-भिन्न संस्कृति का,
अद्भुत संगम है।
विवाह समुद्र सा अथाह गहरा है,
जिसके तलहटी से प्राप्त होते हैं,
हीरे-मोतियों से भी नायाब रिश्तें....
विवाह विस्तार भी है,
जिसके जड़ से फूटता है,
वंश बेल की नन्हीं कोपल...
विवाह एक बन्धन भी है,

जो बांधती है बहकते कदमों को...
सोलह संस्कारों में अहम विवाह,
सीखाते हैं मर्यादित रहना..
प्रेम व अपनेपन से प्रीत की डोर,
और भी मजबूत बन पड़ती है...
इस बदलती दुनिया में,
मत बदलने देना,
विवाह के संस्कार को,
कभी भी लिव इन रिलेशनशिप से...
हिंदुस्तानी विवाह पद्धति,
जिस पर गर्व है पूरे विश्व को...

डॉ. उषाकिरण सोनी
परिचय-बस्ती (उ० प्र०)

फूल से धूल तक

भोर में रवि ने फेंक
मात्र एक रश्मि शर
तोड़ दिया तम का व्यूह
सेना हुई तितर-बितर
श्वास कलिका ने उघारी पलकें
फूल बन गमक उठा जीवन।
युवा अंशुमाली ने तप
सजा दिया यौवन तरु
ज्ञात सर्वस्व हुआ काम्य
चाह-राह में उलझ कर
अटल सत्य से जूझता
शूल बन कसक उठा जीवन।
संध्या संग चल पड़ा सूर्य
रजनी के घर रातवासा करने
थका मन झरे सब रंग
चुकी शक्ति, ढले अंग
तिरने लगे कर्म स्मृति कुंभ में
धूल बन बिखर गया जीवन।

सुषमा गुप्ता
(कानपुर)

विलाप गीत-'तनिको ना मानी'

ना पियो रे, ना पियो रे
कितनी दफा समझाई
कि हमरी तनिको ना मानी...
माई के सर पे, हाथ था धरि के
झूठी कसम तूने खाई
कि हमरी तनिको ना मानी...
छांडि दे संगी, साथी सराबी
कौनो काम ना आई
कि हमरी तनिको ना मानी....
सुरसा जैसा, मुंह बोतल का
सारी पूंजी समाई
कि हमरी तनिको ना मानी..
खेत रहा ना, घर में पैसा
भीख मांगि अब खाई
कि हमरी तनिको ना मानी...
करि गयो सैंया, घर में अंधेरा

कौन करे रोसनाई
कि हमरी तनिको ना मानी...
किस दर पर, अब हाथ पसारूं
कौन करे भरपाई
कि हमरी तनिको ना मानी...
उजड़ि गयो रे, बिखरि गयो रे
कौन करे सुनवाई
कि हमरी तनिको ना मानी....
तुम तो पिया परलोक सिधारे
लइके ललन कहां जाई
कि हमरी तनिको ना मानी...
बूढ़ बाप का बनते सहारा
उनसे कांधा लगवाई
कि हमरी तनिको ना मानी..
पहली बार ही 'ना' कर देते
ना आती कठिनाई
कि हमरी तनिको ना मानी...

निशा नंदिनी 'भारतीय'
तिनसुकिया, (असम)

शब्दों की सीढ़ी

तुम्हारे शब्दों की सीढ़ी चढ़ते चढ़ते उसे मिला
जल का एक मीठा दरिया
सुकून वाला हरा-भरा जंगल
चिकने पत्तों वाले फलदार वृक्ष
और वृक्षों पर बैठा पक्षियों का समूह
शब्द सीढ़ी चढ़ते गए
आत्मा में उतरते गए।

तुम्हारे शब्दों की सीढ़ी चढ़ते चढ़ते उसे मिली
ग्रीष्म में शीतल बयार
कोमल कमल पर पड़े तुहिन बिंदु
हवा के नरम झोंके की पतवार का
सहारा लेकर
वो शब्दों की नौका बना
हृदय के पार उतर गया।

तुम्हारे शब्दों की सीढ़ी चढ़ते चढ़ते उसे मिला
अरुण का अलसाया रूप
शरद की गुनगुनी धूप
गर्म चाय की चुस्कियों के साथ
पुराने लिहाफ की गर्माहट
सफेद चमकीली धूप का स्पर्श जिसे पाकर वो आकाश के पार चला गया।

तुम्हारे शब्दों की सीढ़ी चढ़ते चढ़ते उसे मिली
चाँद की श्वेत चाँदनी में लिपटी शीतलता
तारों से टंकी पुष्पित पल्लवित चादर
आकाश गंगा में आकंठ स्नान कर वो नक्षत्रों के पार चला गया।

तुम्हारे शब्दों की सीढ़ी चढ़ते चढ़ते उसे मिला
हृदय की आत्मीयता भरा घर का कोना
झरोखों के बाहर का सुंदर दृश्य
दो कपाटों के बीच का मधुर मिलन
सब उसकी आत्मा में घुलते चले गए और वह स्वर्ग के पार चला गया।

अंजली खेर

विज्ञापनों का जादू

आज घर घर में चर्चा का यही विषय होता है कि बुद्धू बक्से ने बच्चों पर ना जाने क्या जादू कर दिया हैं कि बच्चे अपनी पढ़ाई...खेल के प्रति नकारात्मक होते जा रहें हैं! पर मेरी माने तो इस बुद्धू कहे जाने वाले बक्से ने बच्चों का आई-क्यू लेवल बढ़कर बुद्धिमान बना दिया हैं!

सोच में पड़ गए ना ...अरे भाई, हर सिक्के के दो पहलू होते हैं, नकारात्मक बातो को छोड़ें तो आप पायेंगे कि आज हमारे बच्चे हमारी हर समस्या का समाधान चुटक्यिों में करते हैं, मसलन-ऑफिस से घर जाते ही बच्चे जब भूख-भूख की रट लगाते हैं, आप झुंझलाती हैं कि थोड़ी समय तो लगेगा ही, त्वरा करो तो बच्चे तुरंत कहते हैं-'मम्मा, टी वी वाली आंटी तो दो मिनट में मेगी बना लेती हैं, आप भी जल्दी से बनाकर दीजिए ना!

पिछले हफ्ते ही मेरी बेटी को प्रोजेक्ट वर्क मिला, किसी विषय पर १०-१५ लाइने लिखकर लाने को कहा गया था, वह बोली-मम्मा, थोड़ी मदद कर दो, मैंने कहा-तुम खुद करना सीखो, कब तक मैं तुम्हारी मदद करूँगी! वह बोली-ठीक हैं फिर एक कप 'ताज़ा' चाय ला दो! मैंने कहा-'तुम चाय कब से पीने लगी! ज़वाब मिला-वो टी वी पर बताते हैं न कि ताजा चाय पीने से विचार आये हैं सो चाय पीकर मैं खुद अपना वर्क कर लूंगी, आपको

परेशान नहीं होना पड़ेगा! सुनकर मैंने तो लंबी सांस भर ली!

अभी ३-४ महीने पहले ही मेरी बड़ी बेटी का जन्मदिन था! मैंने पूछा-बेटा क्या गिफ्ट चाहिए। उसने तो कॉपी-पेंसिल लेकर लंबी सी लिस्ट थमा दी, मैंने कहा-बेटा फिजूलखर्ची नहीं करते, आगे तुम्हारी पढ़ाई के लिये तो ढ़ेर सारे रूपए चाहिए होंगे ना ..तो अभी से पैसे बचाकर रखने होंगे और जरूरत की चीजे ही खरीदनी होगी! उसने तुरन्त ज़वाब दिया-'मम्मा, फिक्र करने की कोई जरूरत नहीं, HDFC से उच्च शिक्षा के लिया जितना चाहो, लोन ले सकते हैं! सुनकर मैं तो हैरान हो गयी!

पिछले महीने ऑफिस के किसी काम से मेरे देवर जबलपुर से भोपाल आए, वे मुझे अपनी यात्रा का वर्णन सुना रहें थे कि ऑफिस से धाम जल्दी नहीं निकल पाया! स्टेशन पर आकर देखा कि ट्रैन छूटने को ही थी, सो जल्दबाजी में बिना टिकट ही चढ़ गया, सोचा यदि फाइन लगेगा तो दे दूंगा, इतना सुनते ही मेरी बेटी बीच में बोली-चाचू, क्या आप कोलगेट मेक्स फ्रेश से ब्रश करते हैं!

वे बोले-हाँ! बेटी बोली-तो फिर आपको टिकट लेने कि जरूरत ही नहीं, टी वी में दिखाते हैं ना कि कोलगेट मेक्स फ्रेश की खुशबू आते ही टी सी टिकट चैक करना ही भूल जाते हैं, सुनकर हम सब का हँस हँस कर बुरा हाल हो गया!

रीमा मिश्रा
(जिला-पश्चिम बर्धमान)

दहेज प्रथाः
शौक, अभिशाप, मजबूरी या फिर दिखावा

पुराने समय का ये शौक आज हर घर का अभिशाप बन गया.... एक बाप अपनी बेटी के लिए अच्छा वर और घर की चाह में अपनी हेकड़ी से भी ज्यादा खर्च कर के दहेज देता है भले ही उसके पास कुछ नहीं हो, पर समाज में झूठी इज्जत और मान सम्मान के लिए वो कर्ज तक ले कर दहेज देता है, जिसको चुकाने में उसकी जमीन जायदाद बिक जाती है आने वाली उसकी पीढ़ियों को भूखों मरने तक की नौबत आ जाती हैं पर झूठी शान के लिए दहेज रूपी जहर छोड़ नहीं सकते हैं...।

दहेज लेने वाले ये कभी न सोचते हैं कि उसके घर में भी बेटी है जो दहेज नहीं देने पर जला दी जायेगी पर समाज में अपना रुतबा दिखाने के लिए बड़ी बड़ी फरमाईशें करते हैं, आज भारतीय सामाजिक रिपोर्ट में हर ३१ वे घर में एक बहू को दहेज न लाने के कारण आत्महत्या करनी पड़ती हैं या ससुराल छोड़नी पड़ती हैं, हर ४ वे घर में महिला इस देहज रूपी बीमारी से पीड़ित है।

आज दहेज का दानवरूप इतना बढ़ गया है, समय रहते इस दहेज रूपी जहर को खत्म नहीं किया तो आने वाला समय बहुत कष्टदायक होगा, आज

दूसरी जातियों ने करीब करीब सारी कुरितियों को त्याग दिया है पर मीणा समाज में अपने आप को दिखाने के लिए बड़ी बड़ी मांग करते हैं।

दहेज नामक कुरीति में सबसे पहला पड़ाव आता है, टीका (लगन) मांगने का...., लड़का जितना ज्यादा पढ़ा लिखा होगा या जितनी बड़ी नौकरी होगी, टिका की मांग उतनी ही बड़ी होगी.... लाखो में रूपये, गाड़ी, सोना, ऐसा लगता है जैसे ईद के मेले में आये हुये बकरे की बोली लग रही है जितना तगड़ा बकरा उतने ही ज्यादा रूपये।

तुम्हारे घर में कभी शादी नहीं हुई क्या या कभी शादियां देखी नहीं, घर में शादी की बात, लेनदेन की बातें पहले ही कर ली जाती हैं, शादी के लिए तोरण पर पर आये तब नहीं की जाती हैं...., तो ये सब टिका टपका लोगों में दिखावे के लिए पहले से ही तय होता है, तुम जैसे अनपढ़ को मूर्ख बना कर अपना नाम कमाने के लिए सिर्फ। और बेचारा मरता है वो गरीब जो अपनी बेटी के सुखी जीवन के लिए अपना सब कुछ दांव पर लगा देता है। दहेज का एक खास पहलू जिस पर कोई ध्यान नहीं देता है वो ये कि दहेज मांगने में एक बाप की बेटी भी कम जिम्मेदार नहीं होती है पापा मुझे ये चाहिए वो चाहिए मम्मी मुझे ये चाहिए वो चाहिए लड़की की खुद की हजारों फरमाइशें एक मां बाप पूरी करते हैं दूसरों को क्या दोष दें।

आज दहेज के कारण जाने कितनी ही बहुएं जला दी जाती हैं, जल जाती हैं, और बहुत सी अपने मां बाप की इज्जत के लिए घुट घुट कर जी रही हैं। आज समाज के लिए सबसे बड़ा नासूर बन चुका इस दहेज को हम युवा हर हाल में मिटाने की पुर जोर कोशिश करे.... पीढ़ियों से चली आ रही इस भयंकर बीमारी को खत्म करें।

आज हम युवा ही बिना अमीर गरीब के भेदभाव के.... बिना किसी दबाव के, बिना किसी दिखावे के इस दहेज रूपी जहर को खत्म कर सकते हैं। सोचे और अपनी बात को दूसरों तक भी पहुंचाये.... युवा हैं हम, हमारे कंधों पर एक अच्छे समाज निर्माण की जिम्मेदारी होनी चाहिये। अपनी युवाशक्ती का प्रयोग सही दिशा में करे, न कि एक दूसरे की टांग खींचने में...जय हिंद...जय भारत...।।

पूनम पाठक
इंदौर (म.प्र.)

जननी

तू ममता है तू है माता
पीड़ा सह सृष्टि रचाई है
तू ही जननी कहलाई है।

तेरी कोख में रचना रहती है
तू प्रसव वेदना सहती है,
हर धड़कन तुझमें समाई है।

नैनों से अविरल धार बहे
आंचल से दूध अपार बहे,
तूने स्नेह सुधा बरसाई है।

वेदों का सार तुझी में है
हर घर परिवार तुझी में है,
हर कर्म तेरा सच्चाई है।

तेरा मन ममता का सागर है
स्पर्श संजीवनी गागर है,
हर रोम में बसी खुदाई है।

चंदा सी प्यारी सूरत है
पावन पवित्र सी मूरत है,
जीवन बगिया महकाई है।

ये पुण्य धरा महकाने को
मातृत्व का सुख उपजाने को,
तू स्वर्गलोक से आई है
तू ही जननी कहलायी है।।

संगीता गांधी
(दिल्ली)

खिलती अनुभूतियाँ

"वाह! क्या लगती हो!
इस उम्र में भी पटाखा हो!"
गली में तेजी से जाती हुई प्रीति पर पीछे से आते।
बाइक सवार ने फब्ती कसी।
प्रीति चालीस साल की गृहणी,
जल्दी जल्दी घर पहुँचना चाहती थी।
बारिश हो रही थी।
मुख्य सड़क पर पानी भरा होने के कारण
गली वाले रास्ते पर जा रही थी।
"मैडम, बात तो सुनिए।"
प्रीति चुपचाप चल रही थी।
१८-१६ साल के लड़के की उदंडता बढ़ती जा रही थी।
उसने मौका देख प्रीति की पीठ पर ज़ोर से हाथ मारा।
अब प्रीति चुप न रह सकी:
"शर्म नहीं आती, तुम्हारी माँ की उम्र की हूँ।"
"मैडम, हम तो आपको एक औरत की तरह देख रहे हैं।
खुश होइए इस उम्र में कोई इन नज़रों से आपको देख रहा है।"

लड़के ने अपनी आंखों में बेशर्मी चमकाते हुए
बदतमीजी से सना जुमला फेंका।
प्रीति ने अपनी चाल तेज कर दी।
गली में आगे अंधेरा था।
बारिश का भरा पानी नहीं दिखा।
संतुलन बिगड़ने से लड़का बाइक समेत गड्ढे में गिरा।
प्रीति ने मुड़ कर देखा।
मन हुआ बहुत अच्छा हुआ
इस जैसे छिछोरे के साथ यही होना चाहिए।
प्रीति कुछ आगे बढ़ कर रुक गयी,
पीछे लौटी। "लो हाथ पकड़ो।"
लड़के को गड्ढे से बाहर खींचा।
उसके सिर व बाहों पर चोट लगी थी।
"चलो डॉक्टर के पास।"
लड़का बड़ी हैरानी और कुछ शर्मिंदगी
से प्रीति को देख रहा था।
"मैं आपको छेड़ रहा था।
बदतमीजी कर रहा था।
फिर भी आपने मेरी मदद की।
मुझे डॉक्टर के पास ले जाने को कह रहीं हैं!"
कुछ देर पहले की बदतमीजी शर्म बन कर
लड़के की आंखों से छलकी।
शब्दों में भी शर्मिंदगी जगह बना चुकी थी।
"तुम्हारी नज़रों में मैं बस एक हाड़-माँस की औरत थी!
पर मेरी नज़रों में तुम मेरे बेटे जैसे हो
एक माँ, बेटे की चोट देख मुँह कैसे फेर सकती है।"
लड़का शर्म से पानी-पानी हो चुका था।
उसके अंदर का गन्दा पुरुष विलुप्त होकर
अब बेटा बन माँ के साथ चल पड़ा।

मोनिका दुबे (भट्ट)
(हैदराबाद)

कब तक?

आज फिर कोई वैदेही को देखने आ रहा था। पूरे घर में साज सजावट और मेहमानों के स्वागत की तैयारियाँ हो रही थी। माँ वैदेही को हर बार की तरह शिक्षा दे रहीं थी--देख बेटी ये रिश्ता बहुत अच्छे घर से आया है इस बार तू कोई नया ड्रामा या हंगामा खड़ा मत करना और वैदेही आशंका और डर से मन ही मन चिंतित हो रही थी। ये कोई नई बात नहीं थी इसके पहले भी वैदेही को कई लड़के देख चुके थे व सभी ने उसे पसंद भी किया था मगर हर बार वैदेही ने इनकार कर दिया। दरअसल वैदेही जब मात्र ८ साल की थी तब किसी अपने ही रिश्तेदार ने उसके साथ अनुचित व्यवहार किया था। यह बात वैदेही के अलावा कोई नहीं जानता था क्योंकि रिश्तेदार ने उसे डरा धमकाकर चुप कर दिया था व किसी से कुछ भी न कहने की हिदायत दी थी। जिसे वैदेही आज भी नहीं भुला पाई थी। उसे पुरुष जाति से नफरत हो गई थी यही कारण था कि वैदेही अब शादी नहीं करना चाहती थी।

बचपन की वो घटना याद आते ही वैदेही काँप जाती उसे अब किसी पर भरोसा नहीं रहा। पुरुष केवल नारी को अपनी हवस का शिकार बनाते है और बाद में फेंक देते हैं बस यही विचार वैदेही के मन में घर कर गए थे। उसका आत्मविश्वास खो चुका था। कहीं भी जाने से डरती थी वैदेही। हर किसी को शक़ की निगाह से देखती थी। मगर हर बार शादी के लिए

मना करना और माँ का दिल दुखाना अब वैदेही के लिए मुश्किल था। माँ बार बार वैदेही को समझा रही थी। विनती कर रही थी कि इस बार अपनी विधवा माँ का मान रख लेना और लड़के वालों के सामने अच्छी तरह पेश आना और हो सके तो माँ के लिए ही सही इस बार हाँ कह देना। वैदेही अनेक तरह की आशंकाओं से घिरी हुई लड़के वालों के सामने खड़ी थी। हर बार की तरह इस बार भी लड़के वालों ने वैदेही को देखते ही पसंद कर लिया और हाँ कह दी। वैदेही ने भी माँ की चिंता को कम करने का सोच हाँ कह दिया। शादी की तैयारियाँ शुरु हुई और वो दिन आया जब वैदेही घर से विदा हुई। माँ वैदेही से लिपट कर खूब रोई लेकिन फिर भी उनके चेहरे पर संतोष के भाव थे जो विदाई के दुख से अधिक गहरे थे। ससुराल में सभी ने वैदेही का बहुत अच्छे से स्वागत किया। धन की कोई कमी न थी आलीशान कोठरी और नौकर चाकर थे।

पर वैदेही को ये सब वैभव की चाह न थी वह तो आज तक जिस सोच जिस डर में जी रही थी उससे बाहर आना चाहती थी। पर वैदेही को यहाँ भी किस्मत ने दगा दिया उसके पति ने सिर्फ उसकी खूबसूरती देख उससे शादी की थी उसकी भावनाओं के लिए पति के दिल में कोई जगह न थी। वैदेही पहली ही रात अपने पति की जबरदस्ती का शिकार हुई और ये सिलसिला अब आम होता गया। पहले से ही आहत वैदेही मन ही मन घुटने लगी पर अपने दिल की व्यथा किससे कहें। सब कुछ चुपचाप सहन कर वैदेही मात्र एक शरीर बन गई जिसकी आत्मा बहुत पहले मर चुकी थी। वैदेही की व्यथा उसके दिल के एक कोने में बंद होकर रह गई जो कभी बाहर न निकल सकी। आज कितनी ही ऐसी वैदेही हैं समाज में जिन्हें किसी अपने ने छला है जो किसी अपने की ही हवस का शिकार बनी और जिंदगी भर के लिए मौन हो गई।

मैं सवाल करती हूँ पुरुष वर्ग से क्या नारी का आत्मसम्मान, भावनाएँ, उसकी इच्छाए कोई मायने नहीं रखती? क्या नारी एक शरीर मात्र है? आधुनिकता का चोला पहने लोग भी नारी को वस्तु समझते हैं। कितनी ही नारियों को उनके पति ने ही शिकार बनाया कितनों को देवर, जेठ, या किसी रिश्तेदार ने। मात्र कुछ क्षण का आनंद पुरुष को इतना अंधा बना देता है कि उसका विवेक ही मर जाता है? आखिर क्यों? और कब तक.........????

रेखा तोमर

शर्म आई

उफ्फ कितनी ठंड है.. अभी नहा कर निकली हूँ..दो-दो मोज़े पहने हैं। ये कामवाली भी पता नहीं कब आएगी? कल भी छुट्टी पर थी। सारे कपड़े पड़े हैं धुलने को ..मेरे बाक़ी मोज़े भी, और लाने पड़ेंगे कामवाली के भरोसे तो नंगे पैर रहना पड़ेगा

ये सोचते हुए चाय लेकर बालकनी में आई। नीचे देखा एक औरत ५ साल के बच्चे के साथ कहीं जा रही है। बच्चे ने बहुत बड़े साइज की चप्पल पहनी है..शायद माँ ने अपनी चप्पल दे दी है क्योंकि वो इस सर्दी में भी नंगे पैर है। एक गर्म ब्लाउज, साप्ताहिक बाजार वाला सस्ता शॉल, बच्चा पूरा पैक है कपड़ों से, शायद पैसे ही उतने होंगे।

ये देखकर शर्म आयी अपनी सोच पर...

चाय का पहला घूंट लेते ही मूड खराब, अरे यार! बिना अदरक की चाय..सत्यानाश। लग रहा है बस मीठा दूध पी रही हूँ। सामने मकान बनने का काम चल रहा है। ठेकेदार ने मजदूरों के लिए चाय बनवाई है। इतने छोटे कप हैं कि दो घूंट में ही खत्म हो जाए..शक्ल से ही लग रहा है कि चाय कैसी बनी है। ये क्या? एक चाय कम पड़ गयी शायद..दो मजदूरों ने एक कप से एक-एक घूंट पी ली है। ये तो मुँह में ही रह गयी होगी।

ये देख शर्म आयी अपनी सोच पर..

पति ऑफिस और दोनों बच्चे स्कूल, कल से खैर विंटर वेकेशन है..थोड़ा आराम हो जाएगा सुबह की ठंड से...कमरे में जाकर रजाई ली और बिस्तर में घुस गई..हीटर चलाया, स्पार्क हुआ..हीटर बन्द। बेड़ा गर्क..दिन कैसे कटेगा कम्पनी वालों को जी भर कोसा.. कवर में

हीटर रख नीचे आयी।

मोहल्ले के किनारे पर एक प्रेस वाले की दुकान पर एक १६ साल का लड़का बैठता है..पूरे मोहल्ले के पास प्रेस वाले का फोन नम्बर है।किसी को कुछ मंगवाना हो, कहीं भिजवाना हो, फोन करने से वह उस लड़के को भेज देता है।

फोन किये आधा घण्टा हो गया..अभी तक वो लड़का नहीं आया, अब दिखाई दिया साईकल पर..देखते ही भड़क गई मैं...' कहाँ था अब तक ठंड से जान निकल रही है, जा ये हीटर रिपेयर करवा ला। एक घन्टे भी रुकना पड़े तो रुक जाना पर हीटर लेकर आना...चाहे तो तू पैसे ज्यादा ले लेना..वरना रात जहन्नम हो जाएगी'।

'जी दीदी, ले आउंगा..असल मे बड़े पार्क से लकड़ियां चुन कर लाया हूँ। इसलिए देर हो गयी..रात को तसले में जलाकर रखेंगे तब थोड़ी आँख लग पाएगी..वरना एक कम्बल में २ लोगों का सोना बड़ा मुश्किल हो जाता है..'

तो देख शर्म आयी अपनी सोच पर....

वापस कमरे में आई रजाई ली, एक कम्बल डाला उसपर..रजाई गर्म ही हुई थी कि बेल बजी..इतना गुस्सा आया कि पूछिये मत.. दरवाजा खोला..कामवाली सपना..

'अब आयी है तू, जल्दी आकर काम निपटा लेती तो एक नींद ले लेती अब तक मैं' देख आज आँगन भी धो देना नीचे का ठीक है। ''जी दीदी.. सुबह बहुत ठंड थी, कोहरे में कुछ दिखाई नहीं दे रहा था। उसपर जूते रात बाहर रह गए..ओस में भीग गए.... सुबह अंगीठी से सुखा कर पहने हैं इसलिए देर हो गयी।

ये देख शर्म आयी अपनी सोच पर..

अंजू खरबंदा
(दिल्ली)

नारी और माहवारी

'मां भूख लगी है जल्दी से खाना लगा दो। मैं माथा टेक कर अभी आई!' माला ने स्कूल से आते ही मां को आवाज लगाई।

'आज रहने दे माथा! हाथ मुंह धोकर खाना खा ले!' मां ने रसोईघर से जवाब दिया।

तेरह वर्षीय माला मां के पास आकर बैठ गयी और उत्सुकता से मां से पूछा-

'मां इन दिनों में माथा टेकने या मंदिर जाने में मनाही क्यूं!'

'इन दिनों शरीर अपवित्र होता है!' मां ने दो टूक कहा।

'पर मां ये सब तो भगवान ने ही बनाया है फिर इतने अन्धविश्वास क्यूँ!' माला के मन में जाने कितने प्रश्न कुलबुला रहे थे।

'मैं तो वही कह रही हूँ जो मुझे सिखाया गया है! मेरी मां कहती थी अचार मत छुओ, फूलों को मत छुओ, कोई सफेद चीज न खाओ, कूदो मत, आराम से बैठो। मैं तो फिर भी इतनी टोका टाकी नहीं करती।' मां को हंसी आ गयी।

'हमे तो स्कूल में पढ़ाया गया है कि इसके बिना महिला मां नहीं बन सकती। एक नारी ही है जो हमारे वंश को आगे बढ़ाने का काम करती है। अगर नारी और माहवारी नहीं होती तो आज इस संसार का निर्माण हो पाना मुश्किल था। सबसे बड़ी बात अगर माहवारी न हो तो महिला बांझ रह जायेगी....तब भी यही समाज उसे नहीं छोड़ेगा!' माला ज्ञान का पिटारा खोल कर बैठ गई।

'हाँ तुम बिलकुल सही कह रही हो! पर समाज में रहना है तो समाज के नियमों का पालन तो करना ही होगा न!' मां को कोई जवाब ही न सूझा।

'मां एक तरफ तो हमारे ग्रन्थों में नारी को सबसे पवित्र माना जाता है, गंगा और तुलसी की पूजा की जाती है और दूसरी तरफ.....!!!!'

'पर....!!!' मां अचकचा सी गई।

'मां हम २१वीं सदी में जी रहे हैं, चांद पर कदम रख रहें हैं, आज की लड़कियाँ डॉक्टर, वकील, पायलट बन रही हैं। इन मिथकों को तोड़ते हुयें आगे बढ़ रही हैं तो धीरे-धीरे हमें अपनी संकीर्ण मानसिकता से भी निकलना होगा।' माला आज जमकर मोर्चे पर डटी थी।

'कब मेरी बेटी इतनी समझदार हो गई मुझे तो पता भी न चला! आ जा भगवान के आगे माथा टेक कर खाना खा ले और पढ़ने बैठ जा कल परीक्षा है ना!!' मां ने माला का माथा प्यार से चूमते हुए गर्व से कहा।

यामिनी नयन गुप्ता

स्त्री का चरित्र

होता है ताल के जल सरीखा
हवा की एक लहर से भी
दरक जाती है पर की परत
ऋषि गौतम की अहिल्या हो या कि
राम की सीता
हर युग में उसे
तानों उलाहनों से जाता है भींचा
कुलटा!! चरित्रहीन!! व्याभिचारणी!!
कुछ पुरुषों के लिए स्त्री-पत्नी हो या बहन
होती है मात्र एक स्त्री देह
और उसके आसपास से गुजरता
कोई भी व्यक्ति सिर्फ एक पुरुष देह,
जीवन के हर समीकरण में
उसे दिखता है फकत्
स्त्री पुरुष का वासनात्मक रिश्ता,
हर पुरुष का होता है अपना एक स्वर्णनिर्मित अहम्
और स्त्री को देखने के सबके
चश्मे अपने अपने।

शशि कुशवाह

लखनऊ, (उ.प्र.)

मासूम प्रेम

सरकारी स्कूलों में सरकार द्वारा बच्चों को बहुत ही सुविधाएं मुफ्त प्रदान की जाती हैं। इसी क्रम में एक दिन बच्चों को दूध वितरित किया जा रहा था। सभी बच्चे लाइन लगा कर अपनी बारी की प्रतीक्षा कर रहे थे। तभी कक्षा ३ में पढ़ने वाले एक बच्चे पर मेरी नज़र गयी जिसने दूध लेने के बाद उसे एक बोतल में भर दिया। मैं ध्यान से देख ही रही थी कि एक और बच्चा पास में आया और अपने गिलास का दूध उसी बोतल में डाल दिया। मैंने सोचा शायद ये दोबारा लेने जा रहे होंगे इसलिए ऐसा किया है और मैं अपनी जगह से उठकर डांटने के लिए उस बच्चे के पास जाने लगी तभी तीसरा बच्चा जो कि कक्षा २ पढ़ता था आया और उसी बोतल में डालने लगा लेकिन पहले ही मैं वहाँ पहुँच बिना कुछ पूछे डांट दिया। वो तीनो बच्चे शांत मुँह लटकाये खड़े रहे। उसे चुपचाप खड़े देख मैंने फिर प्यार से थोड़ा समझाते हुए कहा 'बेटा ये दूध तुम लोगों को पीने के लिए दिया गया है इससे तुम लोगों को ताकत मिलेगी। चलो तीनों लोग अपना अपना दूध पी लो। मेरे प्यार से समझाने पर उसमे से बड़े बच्चे ने जो कहा उसे सुनकर मेरा दिल आहत हो गया कि इतने छोटे बच्चों में इतनी समझदारी जो शायद बड़े बड़े में देखने को नहीं मिलेगी।

'मैम जी हम ये दूध अपनी छोटी बहन के लिए ले जा रहे हैं। वो दो दिन से बीमार है और कुछ भी खा नहीं पा रही हैं जिससे बहुत कमज़ोर हो गयी है। डॉक्टर ने उसे दूध देने को कहा है और हम लोग गरीब हैं, पापा भी काम पर नहीं जा पाए तो पैसे भी नहीं मिले। अब पैसे नहीं तो उसे दूध कैसे पिलायेंगे। बुधवार को स्कूल में दूध मिलता है तो हम तीनों भाई अपना दूध उसे दे देंगे तो उसे ताकत मिल जायेगी और वो जल्दी से अच्छी हो जायेगी। 'कहते हुए वो बच्चा रुआँसा हो गया।

'मैम जी हम घर जाकर अपनी बहन को ये दूध दे आयें? 'बच्चे के पूछने पर मेरे मुँह से कोई भी शब्द नहीं निकला लेकिन मैंने बस हाँ में सर हिला दिया। वो बच्चा बोतल में दूध लेकर जाने लगा और मैं मूक बनी वही खड़ी उसे निहारती रही। एक पल को मेरा अंतर्मन शून्य में अटक कर रह गया कि इतने छोटे बच्चे में अपनी बहन के लिए इतना प्यार, समर्पण और त्याग निहित थी जिसकी कल्पना लोग बड़े बड़े में नहीं कर सकते।

रूबी प्रसाद

सिलीगुड़ी, (पश्चिम बंगाल)

अधूरी किताब है वो

दूर रह कर भी पास है वो-
यूँ ही नहीं खास है वो!
हर दर्द के बाद भी जो थी मेरे होठों पर हंसी,
उस हंसी का राज है वो!
न जिद है, न है वो जुनून-
उफ, कमाल का एहसास है वो!
उसके ख्याल से ही हो जाता है नशा,
सबसे नशीली शराब है वो!
बिन छुए ही अपना बना लिया उसने,
आशिक लाजबाब था वो!
दूर जाकर और करीब आ गया-
सबसे हसीन ख्वाब है वो!
धड़कते दिल, खामोश अल्फाज और उदास आंखों
का जबाब है वो!
यूँ ही नहीं खास है वो!!
जिसे ख्वाबों में लिखकर हकीकत में मिटा दिया रोज,
वो अधूरी किताब है वो!

शैली खत्री
(पालीगंज)

नई माँ

"शालू अभी तक तूने न तो जन्म दिन की शॉपिंग शुरू की न ही किसी को बुलाया है। हर साल तो पंद्रह दिन पहले से सबको आने के लिए जिद करती रहती थी। इस बार इतनी शांत है तू।" निशा ने पूछा।

"अब क्या मनेगा मेरा जन्मदिन जानती तो है ही घर में नई मां आ गई है।" शालू ने उदास स्वर में कहा।

"तो क्या नई मां बिल्कुल प्यार या परवाह नहीं करती?"

"नई मां तो नई मां होती है। अभी दो महीने ही हुए हैं उन्हें आए इसलिए प्यार दिखाने की कोशिश करती हैं। मैं किसी काम में उनकी कोई मदद नहीं लेती। अपना काम खुद करने की कोशिश करती हूँ और जो नहीं कर पाती वो राधा से करवा लेती हूँ। मैं तो चाहती हूँ वो मोलू को भी प्यार न करें। पर अभी दो ही साल का है तो मोलू मुझसे संभलता ही नहीं है। उसे दिन भर नई मां के पास ही रहना पड़ता है।"

"इसका मतलब नई मां तुझे प्यार नहीं करती, ठीक ही कहती हो"

हां, जाने दे मैं बड़ी होकर अपना जन्मदिन मनाउंगी।"

इतवार होने के कारण स्कूल तो जाना नहीं था और बर्थ डे न मना पाने

के कारण शालू सुबह आठ बजे सोकर उठी। आंख खुली तो उसे लगा सपना देख रही हो उसका पूरा कमरा सजा हुआ था। बिस्तर पर पांच गिफ्ट रखे थे। शालू की कुछ समझ में नहीं आया। अचंभित सी वह गिफ्ट खोलने लगी। दो पैक में उसके लिए ड्रेस थी। एक में मैचिंग क्लीप, हेयरबैंड, ब्रेसलेट, नेकलेस। अन्य दो में घड़ी और कार्टुन बुक्स। सबकुछ उसकी पसंद का। अरे वाह! उसे लगा वह सपना देख रही है। उसने फिर से रैपर उठाकर देखा क्या पापा ने किया ये सब..। तभी उसकी नज़र दरवाजे पर पड़ी, नई मां मंद-मंद मुस्कुरा रही थी। उसे अपनी ओर देखती पा कर बोली "हैप्पी बर्ड डे बेटा!" फिर आकर उसे प्यार से गले लगाया- "अच्छा लगा?"

"हां मां।"

"तो चलो फटाफट तैयार हो जाओ। ग्यारह बजे तक निकलना है। पहले मंदिर चलेंगे फिर मॉल। तुम्हारे दोस्तों को वहीं बुलायी हूँ। गेम खेलना, खाना-पीना फिर लौट आएंगे।"

"ओह। नई मां आप कितनी अच्छी हो आपको मेरी सब पसंद कैसे पता चली?" शालू उनसे लिपट गई।

"मां से कुछ छुपता है भला। तू मुझसे छुपती रहती है पर मेरी नज़र हर वक्त तुझ पर ही तो होती है। और नई मां को तो बच्चों की सब नई बातें भी पता लग जाती हैं।" वे हंसती हुई बोली।

संगीता सहाय 'अनुभूति'
रांची, (झारखंड)

आधुनिक युग की स्त्री

जज्बाती होकर न बोलूंगी
कलई तुम्हारी खोलूंगी
अश्रु ने है विद्रोह किया
मैं भी वीरांगना हो लूंगी
आधुनिक युग की स्त्री हूँ
मैं भी कुछ तो बोलूंगी।
गीत लिखूँगी गज़ल रचूंगी
तुम पढ़ना जरा ठहर कर मुझको
मैं शबनम को अंगार लिखूँगी
बेपर्दा हो जाओगे तुम
जब तुझे श्वेत वस्त्र का मैं दाग लिखूँगी
आधुनिक युग की स्त्री हूँ
मैं भी कुछ तो बोलूंगी
ममतामयी, करुणामयी मैं
त्याग, स्नेह की मूरत हूँ
जगजननी देवी स्वरूपा हूँ

'हे पुरुष' आखिर कब आएगा
वो स्वप्निल दिवस जब मैं भी
तेरे हर रूप को देवत्व लिखूँगी
आधुनिक युग की स्त्री हूँ
मैं भी कुछ तो बोलूंगी

अल्पना हर्ष
(बीकानेर)

उसकी गलती

तीनों ओर से घिर चुकी थी 'क्या एक माँ होना उसकी गलती थी पर अम्मा भी तो माँ है बेटी तो नासमझ है पर अम्मा वो तो जीवन निभा चुकी है वे तो इस राह से, पर दोनों मुझे ही परेशान ...।' उसकी मां उसे हमेशा सही राह दिखाती मगर ये मन डगमगा जाता। चिन्तित रहने की वजह से शरीर का घोड़ा भी कमज़ोर पड़ने लगा पति स्थिति भांप रहा था 'सुनो कल आहना से कह कर सुदीप के घरवालों को बुलवा लो अम्मा को मैं समझा दूंगा, अर्न्तजातिय विवाह अब आम बात है अम्मा बूढ़ी है, बदलाव हम ही ...'

'दो पीढ़ियों के बीच पिसना अब शायद ...। मेरा सारथी मुझे राह दिखायेगा।'

मोनिका शर्मा
(गुरूग्राम)

मैं आधारभूत शीला हूँ

मैं अनुपमा हूँ और मैं ही उपमा हूँ
मैं अग्नि हूँ और मैं ही ज्वाला हूँ
मैं सती हूँ और मैं ही बाला हूँ
मैं धरती हूँ और मैं ही प्रकृति हूँ
मैं गंगा हूँ और मैं ही यथा सागर हूँ
मैं मान हूँ और मैं ही अभिमान हूँ
मैं उपकार हूँ और मैं ही परोपकार हूँ
मैं सीता हूँ और मैं ही द्रौपदी हूँ
मैं राधा हूँ और मैं ही मीरा हूँ
मैं कृष्ण हूँ और मैं ही उनकी लीलाएँ हूँ
मैं लक्ष्मीबाई हूँ और मैं ही वीरों की गाथा हूँ
मैं आदि हूँ और मैं ही अंत हूँ
मैं अबला नहीं हूँ मैं सबला हूँ
मैं जगत जननी हूँ और मैं ही भार्या हूँ
फिर क्यों विनाश पर उतारू हो मेरे
जबकि तुम जानते हो
कि तुम्हारी उत्पत्ति का कारण मैं ही हूँ।।।

डॉ मंजु गुप्ता
वाशी, (नवी मुंबई)

सृष्टि की सृजनहार बेटियाँ

अब दब नहीं सकती आधी आबादी की ये बेटियाँ,
जो दबाएँ इन्हें बन जाएँगी संहार की चिंगारियाँ,
नहीं हैं अब भोग, विलास, वासना की ये कठपुतलियाँ,
हैं ये प्रतिभाओं के आसमान पर चमकती बिजलियाँ।
अभावों की परिधियों को लाँघ के रुतवा हैं दिखा रहीं,
गीता-बबिता, सिंधु-दीपा की दीप-शिखा जगमगा रही,
देश की बेटियाँ अवनि, भावना, मोहना दुर्गा समान,
हौसलों की उड़ान से थामती वायुसेना की कमान।
नवदुर्गा, सरस्वती, लक्ष्मी सम पूजे देश-संसार,
न समझो बेटियों को अब अबला, कमज़ोर देश-परिवार,
वक्त आने पर बनती लक्ष्मीबाई की शौर्य तलवार,
स्वामीभक्ति में बन जाती हैं ये पन्ना का त्याग-प्यार।
मिलता अब 'बेटी बचाओ-पढ़ाओ' के संस्कारों से,
उपहारों में 'राज श्री' का मान-सम्मान सरकार से।
सिरमौर करती सभ्यता-संस्कृति को जगत में शान से,
जल, थल, नभ में कमा रहीं नाम कामयाबी की ध्वजा से।

मैके को महका के बेटियाँ महकाती हैं ससुराल,
बहन, बेटी, पत्नी, माँ बन फर्ज निभाती सालोंसाल,
कुल निशानी को कोख में क़त्ल कर न बना कब्रिस्तान,
दो वंशों को जोड़कर 'मंज' सृजन करती है संतान

आशा अमित नशीने
राजनांद गाँव (छ.ग.)

नारी की पहचान

सत्ता दे दो नारी को तुम, सब कुछ यदि अच्छा करना है,
व्यर्थ दिवस का स्वांग तुम्हारा, भाषण से क्या मन भरना है।
नर, नारायण, जग झुकता है, करें वंदना नित त्रिपुरारी।
घर से रण तक कब कुछ छूटा, नारी रही सभी पर भारी।
मधुर भाव से सौदा करती, बिना मोल के करे चाकरी-
जननी, भगिनी और सुकन्या, रिश्तों में भरती किलकारी।
नारी स्वयं शक्ति पहचाने उसको रंच न अब डरना है,
व्यर्थ दिवस का स्वांग तुम्हारा भाषण से क्या मन भरना है।

खुद को कतरा कतरा बाँटे, कभी न माँगे हिस्सेदारी।
रानी, दासी जो भी कह दो, पुरुषों की रहती आभारी।
सीता मीरा और अहिल्या, त्याग समर्पण प्रेम दे गईं-
इंदिरा, रानी और कल्पना, संघर्षों से कभी न हारी।
जो जग में भयभीत हो गया उसको तो निश्चित मरना है,
व्यर्थ दिवस का स्वांग तुम्हारा भाषण से क्या मन भरना है।
मरु में भी जो पुष्प खिला दे, ममता की है ये अवतारी।

हर पल अपनी इच्छा मारे, समझौतों की करे सवारी।
विनय करे ये 'आशा' मन से, भोग न समझें इस अमृत को
वेद ग्रंथ आयत में बसती, अद्‌भुत शक्ति स्वरूपा नारी।
अन्यायी जो अत्याचारी उसका कब सम्भव तरना है,
व्यर्थ दिवस का स्वांग तुम्हारा भाषण से क्या मन भरना है।

कल्याणी झा
रांची, (झारखंड)

(लघुकथा)

मैंने जीना सीख लिया...

सोनम को अपना जीवन तुच्छ लगने लगा था। उसका कहीं मन नहीं लगता था। समीर के जाने के बाद वो अकेली हो गई थी। सोनम दरवाजा खोलकर बाहर निकली, और बगीचे में आकर बैठ गई। उसकी नज़र लाइन से लगे क्रोटन पर पड़ते ही उसे याद आने लगा कि पिछले साल इसी सावन में समीर ने इसे लगाया था। एक साल होते-होते कितना बड़ा और सुंदर हो गया है। सोनम ने प्यार से पेड़ के पत्ते को छूआ, तो उसके बदन में सिहरन सी हुई, ऐसा लगा जैसे समीर ने धीरे से कुछ कह दिया हो वो निरुत्तर सी खड़ी रही। तभी हल्की बूँदा-बाँदी होने के आभास से उसकी तन्द्रा टूटी।

सोनम उठकर कमरे में आ गई। सामने समीर की फोटो लगी थी। उसका मुस्कुराता चेहरा उसे और उद्वेलित कर रहा था। आँखों से झर-झर आँसू बहने लगे। अचानक फोन की घंटी बजने लगी। उसने देखा बेटी का विडियो कॉलिंग था।

फोन उठाते ही बेटी ने कहा-'माँ, तुम फिर रो रही हो इसलिए कहती हूँ, कि अकेले मत रहो मैं अभी भईया को फोन करती हूँ। तुम्हें आ कर ले जाए।'

सोनम ने रुँधे गले से कहा-'अभी परसों ही तो आई हूँ। मैं ठीक हूँ। तू चिंता मत कर। बाद में बात करती हूँ।' फिर फ़ोन काट दिया।

सोनम दरवाजा बंद कर के अपने कमरे में आकर लेट गई। बेटी की शादी का एलबम निकाल कर देखने लगी। तभी उसकी नज़र एक दुबली-पतली सी लड़की पर पड़ी। जिसकी गोद में एक बच्चा था। वो उदास सी बैठी थी। उसे याद आया कि एक दुर्घटना में इसके पति की मौत हो गई थी। ससुराल वालों ने भगा दिया था।। माँ के पास आ कर रह रही थी। गरीबी में किसी तरह से इनका गुजारा हो रहा था। सासू माँ की दूर की रिश्तेदार होने के कारण शादी में आयी थी। यही सोचते-सोचत सोनम सो गयी।

सुबह उठते ही उसने सूटकेस में दो कपड़े रखे, और चल पड़ी। उसे खुद पता नहीं था कि वो कहाँ जा रही है। गाड़ी एक छोटे से घर के पास आकर रुक गई। अंदर गई, तो देखा कि चार-पाँच साल का एक लड़का खेल रहा है। उसकी माँ सिलाई कर रही है, और एक बूढ़ी औरत खटिया पर लेटी है। सोनम ने उन पर एक नज़र डाली। फिर अपने साथ चलने के लिए कहा। बूढ़ी औरत ने सोनम की तरफ देखकर कहा- 'हमें कहाँ लेकर जाओगी। हम यहीं ठीक हैं।' सोनम ने कहा- 'अभी मेरे साथ चलिए। फिर बताती हूँ।' इसके साथ ही अपने घर ले कर आ गई। रात को सभी सो गए।

दूसरे दिन इत्मीनान से सोनम ने उनसे कहा- 'मैं इतने बड़े घर में अकेली रहती हूँ। सारा दिन अकेली बैठे रहती हूँ। आप लोग मेरे साथ, परिवार की तरह रहिए। मैं बच्चे का दाखिला अच्छे स्कूल में करवा दूँगी। ये सिलाई-कढ़ाई अच्छा करती है। इसके लिए गैरेज में बुटिक खोल दूँगी इतना सुनते ही बूढ़ी माता की आँखों में एक चमक आ गई। उन्होंने भगवान को मन ही मन धन्यवाद दिया और सोनम को ढेर सारा आशीर्वाद।

सोनम अब खुश थी। समीर के फोटो के सामने आ कर उसने कहा-'अब मैं रोऊंगी नहीं। मुझे मेरे जीवन का मक़सद मिल गया है।' उसे ऐसा लगा, जैसे समीर मुस्कुरा कर कह रहा हो-'गुड लक! यूँ ही हँसती रहो आखिर तुमने जीना सीख लिया।

अनिता झा
रायपुर- (छत्तीसगढ़)

चाहतों का सफ़र

ये नज़दीकियाँ चाहतों का सफ़र था
खुदा की इनायत थी, ना जाने ये कैसी ख़ता थी
पास आकर भी ईमान बदल लिया।
राह चलते अजनबी से दोस्ती कर ली।
मंज़िल मिली तो हम गुनाहगार हो गये।
वो जितने क़रीब आते गये हम उतने दूर होते गये।
हमसफ़र साथ हो कर भी बेवफ़ा हो गये।
अजनबी की बाँह पकड़ हमसे ही किनारा कर लिया
बरसों की मुराद थी हमसे जंग जीत पूरा कर लिया
ज़िंदगी के अंतिम दौर में मुसाफ़िर खाने
मुलाक़ात हुई।
लब सिले हुए आँखें ललायित थीं,
हुलिये से जज़्बात बया हो रहे थे।
महबूबा ने दर किनारा जो कर लिया।
आँखे नम देह बीमार बेजान नज़र आ रहा था दिल में बेरुख़ी!
आज भी मोहब्बत से दिल जीतना जानते हैं।
हाथों की छूँअन से निवाला प्रेमरस पिलाना चाहतें हैं।
तभी चौखट ने दस्तक दी,बेगम ने आकर झझकोर दिया।
दिलों की चाहत ने चाहतों का सफ़र बना मुस्कानों से अदायगी कर दी।

नीरजा श्रीवास्तव नीरू

इतिहास लिखना है तुझे

मत ठहर ऐ लेखनी! इतिहास लिखना है तुझे,
नब्ज़ धड़कन और समय की सांस लिखना है तुझे।

माँ की ममता को भी लिखना;
और पिता का फर्ज भी,
भ्रात-भुजबल, बहन का विश्वास लिखना है तुझे।
मत ठहर ऐ लेखनी! इतिहास लिखना है तुझे।

मर रहीं किलकारियों को
देख तू लघुतम न लिखना,
बुझ रहीं चिंगारियों को
भूल कर भी कम न लिखना,
निर्भया की वेदना का त्रास लिखना है तुझे,
मत ठहर ऐ लेखनी! इतिहास लिखना है तुझे।

इस भयंकर नाट्य के नेपथ्य में वह कौन है?
है बहुत गंभीर स्थिति

फिर भी मानव मौन है,
मौन पर विध्वंस का परिहास लिखना है,
मत ठहर ऐ लेखनी! इतिहास लिखना है तुझे।

हो कोई देवी या बाबा
जो भ्रमित करता मिले,
अंधभक्ति का जहर
सदभक्त में भरता मिले
ऐसे पाखण्डी का पर्दाफाश लिखना है तुझे,
मत ठहर ऐ लेखनी! इतिहास लिखना है तुझे।
मत ठहर ऐ लेखनी! इतिहास लिखना है तुझे।

सविता वर्मा
मुज़फ्फरनगर, (उ.प्र.)

'ग़ज़ल'

दौलत रिश्तों की

उस दिन तुम बैठ गये लेकर हमारे जीवन का लेखा-जोखा और तुमने थमा दिया एक कागज का टुकड़ा हाथ में मेरे...

मैं हैरान थी कि कितनी आसानी से तुम किसी और की खातिर हमारा तीन सालों का साथ और उससे जुड़े हर एक पल से पीछा छुड़ाना चाह रहे थे....

अपनी नन्हीं सी जान हमारी जूही का ख्याल तो क्या आता तुम्हें? तुमने तो अपनी बीमार माँ की परवाह तक नहीं की थी...

तुमने अपने एक एक पल का हिसाब रख दिया था मेरे सामने, परंतु मैं?

क्या मेरा कोई कर्ज नहीं था तुम पर?

चलो मैं तुम्हें आज़ाद कर चुका दूँगी हर कर्ज तुम्हारा! मगर.... मगर..क्या तुम लौटा पाओगे मेरा बीता वक्त?

क्या लौटा पाओगे मेरा वो एक भी पल जो जिया है अब तक सिर्फ

तुम्हारे लिये?

नहीं न?

सुनो! मुझे हिसाब लगाना नहीं आता तभी तो जीवन के घटा-जोड़ में आज मात खा गई और हार दिया सब कुछ...!

पर! तुम नहीं जानते मैं जीत गई हूँ हारकर भी और तुम...तुम जीतकर भी सब हार गये हो...!

जानते हो कैसे?

नहीं....शायद तुम ये जानना ही नहीं चाहते...

मैं बताऊँ?

मैंने ठुकरा जो दी है सारी दौलत अपने रिश्तों को बचाने की खातिर और तुम...हाँ तुम....तुम चंद टुकड़ों और जिस्म की बाहरी खूबसूरती में तलाशते रहे रिश्ते। जानते हो माँ जी कितना रोईं थी उस दिन गुस्से में तुम्हारे घर छोड़कर चले जाने के बाद?

मुझे लगा कि हमेशा की तरह इस बार भी तुम लौट आओगे...

मगर! इस बार तो तुमने हद ही कर दी...तुम नहीं आये दो दिन तक भी, ऐसे में मै अपने आपको सम्भालती या माँ को?

जूही का क्या वो तो अभी बहुत छोटी है....

तीसरे दिन जब तुम आये तो तुम्हारे चेहरे पर एक व्यंगात्मक मुस्कुराहट थी और साथ ही तुम्हारी आँखों में एक अजीब सा भय था, जिसे देखकर डर गई थी मैं...

लग रहा था मानों कोई बड़ा तूफान आने वाला है...हाँ तूफान ही तो था...

तुमने बिना कुछ कहे-सुने फ्रिज से ठंडे पानी की बोतल निकाली और पूरी बोतल का पानी ऐसे पी गये मानों कब से प्यासे थे!

माँ जी जो चुपचाप मारे डर के देख रही थी तुम्हारी अजीब हरकतें कुछ पूछती कि उससे पहले ही तुमने फ़िर से कागज का वही टुकड़ा रख दिया सामने मेरे!

मैंने उस पर अपने साइन तो कर दिये लेकिन माँ जी से मेरा रिश्ता कभी नहीं तोडूंगी मैं ये सोचकर माँ जी ने तुम्हें तुम्हारे हिस्से के जेवरात और रूपये के लिये चैक पर अपने हस्ताक्षर कर दिये थे...

'घर तुम्हें नहीं मिल सकता मेरे जीते जी'

ये कहकर माँ जी चादर में मुँह छुपाकर रोती रही...पर तुम्हें कहाँ फर्क पढ़ने वाला था इस सबसे...

तुम्हारे जाने के बाद माँ जी ने बहुत समझाया कि मैं भी अपनी नई दुनियाँ बसा लूँ.. लेकिन मेरी दुनियाँ तो मेरी बच्ची और माँ जी ही थीं।

मै क्यों जाती अपनी ये रिश्तों की अमूल्य दौलत छोड़कर?

तुमने सोचा होगा कि तुम्हारे रिश्ता तोड़ने के बाद मैं माँ जी को छोड़कर चली जाऊँगी मायके या कहीं भी...तो बहुत गलत सोच थी तुम्हारी, भला माँ जी का क्या दोष जो इस बुढ़ापे और बीमारी की हालत में मैं भी उन्हें छोड़ दूँ....

वो इतने अरमानों से बहू बनाकर लायीं थी मुझे...

तो मैं आज भी तुमसे ज्यादा अमीर हूँ क्योंकि रिश्तों की दौलत जो है मेरे पास और तुम....तुम आज भी कंगाल हो रिश्तों से।

शालू मिश्रा
राणा (जालोर)

कौन हो तुम?

कमज़ोर नहीं कोमल हो तुम,
शक्ति रूपी निर्मल ज्योत हो तुम।
इक पति की शान बढ़ाती हो तुम,
अपने पिता का अभिमान हो तुम।

अपने कुटुम्ब का आधार हो तुम,
रिश्ते में विश्वास की डोर हो तुम।
मकान को अपनेघर बनाती हो तुम,
सपनों का संसार बसाती हो तुम।

जिम्मेदारियों का बोझ निभाती हो तुम,
फिर भी हल्के से मुस्कुराती हो तुम।
घर-परिवार की मर्यादा हो तुम,
त्याग की अद्‌भुत मूरत हो तुम।

नारी अबला नहीं सबला हो तुम,
खुशियों की भाग्यविधाता हो तुम।

रेखा

महारानी

'कल हम काम पर नहीं आयेंगे मैडम जी।' रानी ने कहा-

'क्यों.......? तुम ने तो कभी त्यौहार पर छुट्टी नहीं ली..... फिर कल क्या है?' शगुन ने पूछा।

'..... मैडम जी हमारे घरवाले ने छुट्टी लेने को कहा है, उसने भी अपने सेठ से कल की छुट्टी की बात कर रखी है।' रानी ने मुस्कराते हुए कहा।

'क्यों कल कोई खास बात है।' शगुन ने मुस्कराते हुए पूछा।

'...... कल आखा तीज है ना.... अम्मा कहती थी हम आखा तीज को पैदा हुईं थी।' रानी ने सकुचाते हुए कहा।

'तो कल तुम्हारा जन्मदिन है?' शगुन ने पूछा

'जी...... ...... मैडम जब हम ब्याह के आये तो हमारे घरवाले ने कही थी कि अपने मायके में तुम रानी थी पर मैं अपने घर में तुझे महारानी बना कर रखूँगा, इसलिए कल.....। 'रानी ने शरमाते हुए कहा।'

'वाह! वैरी गुड...... पर महारानियाँ तो बर्तन साफ नहीं करती। 'शगुन ने छेड़ने के अंदाज से कहा।'

‘काम को मना करता है वो.... पर मेरा मन करता है उसका हाथ बटाने को। मेरी हर बात मानता है। तकलीफ मुझे होती है दर्द उसकी आँखों में दिखता है।’ रानी बोले जा रही थी और शगुन टुकर टुकर उसे देखे जा रही थी।

‘रुक जरा.....।’ कह कर शगुन अंदर वाले कमरे में गयी।

लौटी तो उसके हाथ में एक साड़ी थी।

‘ले ये साड़ी कल ये ही पहन लेना और ये सौ रूपये शगुन के। ईश्वर करे तुम हमेशा अपने पति के दिल में महारानी बन कर रहो’ शगुन ने मुस्कराते हुए कहा।

अठारह साल की रानी अड़तालीस साल की शगुन को समझा गई थी कि महारानी बनने के लिए धन की नहीं अपनों की परवाह की जरूरत है।

मनु वाशिष्ठ
कोटा, (राजस्थान)

गर्म चाय में उठती भाप

गुड़, अदरक, लौंग की महक,
ख़्याल मात्र से,
एक नशा सा छा जाता,
तुम्हारे रूई से मुलायम,
सफेद बादल से बाल,
पहाड़ों पर रुकी बारिश,
अलसाया सा सूरज,
कानों को चीरती हुई,
ठंडी तीखी हवा,
छाती में सांसों को,
जमा देने वाली ठंड,
खुश्की से फटे सुर्ख गाल,
पैरों में रेंगती चींटियां,

और सूजी हुई अंगुलियां,
सुबह दूध के लिए,
गाय का रंभाना, और
बरतनों की खटर पटर,
घर्र घर्र चक्की की आवाज,
कुछ खो आया था मैं!
गांव की वो सर्द सुबह,
गुनगुनाती भजन,
और घंटी की आवाज,
धुंधलाए चश्मे को साफ करतीं,
तेरी यादों का सिलसिला,
हां मां! मेरी प्यारी मां!
तुम हरदम मेरी सांसों में बसी हो
मेरी सांसे, जो रह गई हैं,
गांव में, और मैं बसा हूँ,
यहां इमारतों के बेजान शहर में।

निहारिका चौधरी
खटीमा, (उत्तराखंड)

मै कौन हूँ?

हर पल खुद से सवाल करती हूँ,
ज़िन्दगी के इस सफर में,
आख़िर मै कौन हूँ?
मोह माया जो अपनों से है,
क्या वो डोर हूँ मैं,
इस सृष्टि के बनाए बंधन से बंधे,
क्या वो बंधन हूँ मैं,
सुख दुःख की साथी,
या सिर्फ कोई कल्पना हूँ मैं?
आख़िर कौन हूँ मैं?
एक लेखक के जज़्बात,
क़लम की स्याही हूँ मैं,
मन के एहसास,
या अपने ही ख़यालों की रानी हूँ मैं,
आख़िर कौन हूँ मैं?
महकते फूलों की खुशबू,

या अजन्मी कली हूँ मैं,
मिट्टी के जीव,
या खुद मिट्टी की मूरत हूँ मैं,
आख़िर कौन हूँ मैं?
पर्वत की चोटी,
आसमान के बादल,
बारिश की बौछार,
सर्द हवाएं या गर्मी का कहर,
क्या कोई बदलता मौसम हूँ मैं,
आख़िर कौन हूँ मैं?
रगों में बहता लूह,
या शरीर का कोई अंग हूँ मैं,
चल रही सृष्टि जिससे,
क्या ऐसी कोई शक्ति हूँ मैं
आख़िर कौन हूँ मैं?
आख़िर कौन हूँ मैं?

प्रिया सिंह

अब तक कुछ भी नहीं जाना

हसरत-ए-मक़ामात मेरा अब कुछ भी नहीं जाना
ख़्यालातों पर हक मेरा अब कुछ भी नहीं जाना
चाहत कहां.... समन्दर को दरिया तक पहुंचने का
हिज्र का शोर है दरिया का अब कुछ भी नहीं जाना
पायब सी निखरी बिखरी खुद में मदमस्त सी नदी
कागजी नाँव की औकात अब कुछ भी नहीं जाना
चलती ठहरती इतराती लहराती ये तलब इश्क़ की
समन्दर में मैं... मेरी प्यास अब कुछ भी नहीं जाना
कई तारे चमकते समंदर पर जाने क्यों आ झलके
समन्दर को चांद की कमी अब कुछ भी नहीं जाना
हालातों में बनता और बिगड़ता छोटा सा कतरा ये
दर्द अकेले मेरे हैं के तेरा अब कुछ भी नहीं जाना

रौशनी अरोड़ा 'रश्मि'

खतरे में जनता नहीं नेता हैं

खतरे में हम आम जनता नहीं किसी भी धर्म के हम आम लोग खतरे में नहीं हैं हम सभी धर्म के लोग एक थे, एक हैं, और एक ही रहेंगे हम सब हिन्दू, मुस्लिम, सिक्ख और ईसाई नहीं बल्कि सिर्फ और सिर्फ इंसान हैं और इंसान ही रहेंगे।

खतरे में तो सिर्फ नेता लोग हैं हर कॉम के नेता लोग हैं जो कि सियासी हैं आपस में लड़ते रहते हैं पर जब इन्हें एक दूसरे से कोई काम पड़ता है तब ये लोग एक भी हो जाते हैं। वास्तव में सभी मुल्क के नेता लोग अंदर से एक ही हैं सब मिले भक्त हैं अंदर से एक दूजे के। ये सब बड़े बड़े नेता लोग खुद तो अंदर से एक ही होते हैं, पर हम साधारण सीधे-साधे, भोले-भाले लोगों के सामने लड़ने-झगड़ने का ढोंग करते हैं। यही नेता लोग ही हम आम जनता को उकसाती है हमें आपस में यही नेता लोग लड़वाते हैं। हम सभी के साथ ये सियासती खेल खेलते हैं। ये लोग मिलकर हर धर्म के कुछ लोगों को खुद मरवाते हैं फिर हम सभी धर्म के लोगों के बीच जानबूझकर कर हम सबकी आँखों में धूल झोंक कर हमारे सामने एक दूसरे को दोष देते हैं और हमारे ज़हन में एक दूसरे के धर्म के खिलाफ नफरत का बीज बो देते हैं, हमें आपस में ही लड़ने मरने पे मजबूर करते हैं। और हम सभी इनका ये सियासती खेल, ये षड्यंत्र समझ ही नहीं पाते।

दोस्तों ये नेता लोग कभी किसी के सगे नहीं हुए। ये लोग सत्ता और कुर्सी के लिए किसी भी हद तक जा सकते हैं। सभी खून-खराबे, दंगे-फसाद, लूट-पात और चोरी-डकैती भी तो ये सब नेता लोग ही करवाते हैं। सिर्फ और सिर्फ अपने ही किसी स्वार्थ हेतु।

दोस्तों आपस में मिलकर रहिए। इनकी बातों में आकर इन मतलबी नेताओं के झाँसे में मत आइए अपनी दिले-बुद्धी का इस्तेमाल कीजिये किसी के भी बहकावे में आने की ज़रुरत नहीं है।

प्रीति शर्मा 'असीम'
सुंदरनगर (हि.प्र.)

एक श्रापित शक्ति, जिसे कहते हैं - औरत

एक श्रापित शक्ति, जिसे कहते हैं - औरत
बदलते हैं पहरेदार, लेकिन! जिसके लिए
बदलती नहीं, समाज की सोच उसे कहते हैं - औरत
पिता-भाई, पति-पुत्र का, घर सजाती है।
दिल की बात, कभी ...डर, संस्कार, फर्ज़ के नाम पर।
बस ....दिल में ही रह जाती है।
एक श्रापित शक्ति, जिसे कहते हैं - औरत
दुनिया, जीतने वाला, खुद को, जब विजयी बनाता है।
और ....? यह भूल जाता है जो घर पर बैठी है।
खुदको भूलकर, उसी के दफन किये सपनों पर,
तुम बाहर, विजय की, पताका फहराते हो
तुम क्या करती हो, सारा दिन यह कह कर,
तुम कितने मतलबी हो जाते हो
वो तेरी खुशी में खुश रहे, तुम्हें भी.... कभी
उसकी खुशी का ....ध्यान आता है।
बड़े-बड़े भाषणों की, बात नहीं करता।

बदल गया या बदलने वाला है।
सच कड़वा और अमावस से भी कहीं ज्यादा काला है।
अपने दिल को टटोलो, उसे भी जीने दो।
अपनी दासता की कैद से, अब तो मुक्त हो जाने दो।

आरीनिता पांचाल
कोटा (राजस्थान)

नारी चेतना

शोषण, हनन, हिंसा, बलात्कार, क्यों सहती है नारी?
अपनी रक्षा खुद ही करें, ऐसी भी क्या लाचारी
युगों युगों से पावन भूमि पर, जब जब देवी ने अवतार लिया
झाँसी की रानी, इंदिरा, दुर्गा बनकर, हिंसक बल पर प्रहार किया।
चलो उठो! अब नारी तुम अपार दिव्य शक्ति को पहचानो
स्त्रीत्व के शक्ति मंच पर अपना किरदार बदल डालो।
क्यों इतिहास के पन्नों पर, अबला बन अपना नाम डुबोती हो?
रूढ़ि विविशताओं पर अश्रु बहा, कुटिल कायरों के कुकृत्यों को सहती हो
आँधी-तूफान सा आक्रोश भरो, काली रणचंडी का स्वरूप धरो।
अपने साहस, शौर्य, पराशक्ति से, दुष्ट दानवों का संहार करो।
सहस्त्र अस्त्र-शस्त्र उठा लो, दरिन्दों से संग्राम करो
अपनी अस्मत की रक्षा के खातिर, भक्षकों पर प्रहार करो।
शून्य का विस्तार हो तुम, सृष्टि का आधार हो तुम।
दृढ़ जोश, बुलन्द हौसलों से, नव विधान का निर्माण करो।
पुरुष प्रधान देश के तुम, सारे नियम बदल डालो।
अस्तित्व की भाग्य विधाता बन अपना संविधान बना डालो।
आत्मबल की चिंगारी से, कर्मक्षेत्र के सारे विध्न जला डालो।

विश्व धरा से अम्बर तक, 'प्रियतम' स्वर्णिम इतिहास रचा डालो।
नारी तुम महान हो, अपनी व्याख्या परिभाषा जान लो
भारत वर्ष के काल कपोल पर अपनी पहचान बदल डालो।
अपनी पहचान बदल डालो।

सुमन अग्रवाल 'सागरिका'
(आगरा)

सशक्त नारी

मैं एक नारी हूँ, परिवार की आधारशिला हूँ
मैं अबला नहीं सबल हूँ सशक्त हूँ समर्थ हूँ।
मैं दृढ शक्ति हूँ, मैं धूरी हूँ अपने परिवार की
मैं एक महिला हूँ, इस बात पर हमे गर्व है।
मुझे गर्व है अपने मातृत्व अधिकार के लिए
मैं एक माँ, बहिन, पत्नी एवं एक बेटी हूँ।
माँ अपने परिवार को संजोकर रखती है
बहिन भाई को खुश रहने की दुआ करती है।
पत्नी पति की लम्बी आयु के लिए व्रत रखती है
बेटी अपने माँ-बाप का नाम रोशन करती है।
नारी ही है जिन्हें दो परिवार का सौभाग्य मिलता है
जो कि बड़ी शिद्दत और बखूबी से निभाती है।
विपत्ति आने पर रानी लक्ष्मीबाई बन जाती है
कभी दुर्गा तो कभी माँ काली बन जाती है।
नारी ही सबको एकसूत्र में पिरोकर रखती है
अपनी गतिविधियों को नया आयाम दे सकती है।

वीना मिश्रा (रत्ना)

अगर ऐसा हो कि मैं बन जाती

अगर ऐसा हो कि मैं बन जाती,
अलौकिक शक्तियों की स्वामिनी।
तो न्याय हेतु निर्भया को मैं बुलाती,
फिर सर्वप्रथम हवन कुंड एक बनाती,
जी रहे गुनाहगार जो अभी भी।
उन दरिंदों का बना हवन सामग्री,
निर्भया से ही आहूति डलवाती।
न्याय के आस में बिलखती,
एक माँ हर पल यूँ आँसू न बहाती।
प्रिया और गुड़िया से भी,
भेड़ियों को यही सजा दिलाती।
फिर से जीवन नया इन्हें लौटाती,
छोड़ती न एक भी नज़रें वहशी,
उन सबको जंगल मैं भिजवाती।
नोच-नोच खाते जहाँ पशु-पक्षी,
और मासूम सारी तालियाँ बजाती।
अंधकार मिटा दोषमुक्त समाज बनाती,
खिलखिलाएँ कलियाँ और अभय हो नारी।

सरिता चौधरी भगवन
जिला बुलन्दशहर, (उत्तरप्रदेश)

तेरा पता

तेरा पता
कभी धूप कभी छांव से,
पूछा करते हैं हम
तेरा पता
इन भीगी वादियों से पूछा करते हैं हम।
जिंदगी के उस पार खिलखिलाते पाया था तुम्हें
तेरा पता
उन्हीं हवाओं से पूछा करते हैं हम।
दिल की हर आरजू को पूरा करने का हौसला रखते हैं हम
तेरा पता
उन दुआओं से पूछा करते हैं हम।
आसमां छूने वाली,
इंद्रधनुषी रंगों वाली,
कभी बात न मानने वाली
तेरा पता
उन आशाओं से पूछा करते हैं हम।
रास्तों की बाहों से,
इस दर्द उन आहों से,
तेरा पता रोती निगाहों से पूछा करते हैं हम

कल्पना 'खूबसूरत ख़याल'
पुरवा, उन्नाव (उत्तर प्रदेश)

स्त्रियाँ चाहती हैं

स्त्रियाँ नहीं चाहती हैं सौगातें उपहारों की,
सजाती हैं रिश्तों को लुटाती हैं प्यार,
और बनाती हैं परिवार इन सबके बदले में,
उन्हें चाहिए होता है बस थोड़ा सा प्यार।
सब कुछ भुलाकर आगे बढ़ जाती हैं,
छोटी-छोटी बातों पे वो सबके आगे झुक जाती हैं,
तकलीफ न हो किसी अपने को तोड़ देती हैं वो,
अपनी आँखों में देखे उन सुंदर सपनों को।
दिलाती हैं वो अहसास अपनेपन का बेटी बन,
रखती हैं मान पिता का मानती हैं बात माँ की,
इसके बदले उन्हें चाहिए होता है बस थोड़ा सा सम्मान,
उड़ने के लिए पंख और खुला आसमान।

डॉ. उपासना पाण्डेय
प्रयागराज, (उत्तर प्रदेश)

जल संरक्षण

हे मानव!
पानी की कीमत तूने न जानी,
भविष्य में पड़ेगी मुंह की खानी।
जल-संकट गहराया जो की मनमानी,
जल ही जीवन महापुरुषों की बानी।

जनजीवन होगा अस्त-व्यस्त,
प्राणी भी होगा रोग-ग्रस्त।
वह होगा आपदाओं से पस्त,
समस्याओं से होगा तनावग्रस्त।

वर्षा के जल का संचयन,
जलस्तर का करेगा उन्यन।
यदि प्रकृति-रक्षा की होगी लगन,
सम्पूर्ण बाधाओं का होगा शमन।

रश्मि विपिन अग्निहोत्री

'सखि बसंत आयो!'

सखि मास बसंत आयो!
देखो कैसो उल्लास छायो!
गुलमोहर की छाँव तले
गुलाब की सोहें कली
फूली सरसों, फूली अलसी
मानो नैनों में बगरो बसंत।
देखो! हरियाली छाई
नील गगन तले,
आगमन बसंत का
कुसुमित डाली....
कोयल बैठी अमरइया
पतझड़ का हुआ अंत।
नैनों में मानो!
बगरा सखि बसंत!
प्रकृति बनी स्वयंवर
दूल्हा बने बसंत,
वधु पीली सरसों

जागे हृदय उमंग।
निहारु में बैठी सखि!
चितचोर बसंत!
कोयल गाती गाते मोर!
बसंत ऋतु है चितचोर!
सखि मास बसंत आयो!
देखो कैसो उल्लास छायो!

अति ही अन्त की जननी है

उठो जागो धरो रूप
काली का,
हे! कलयुग की नारी तुम,
नहीं आएंगे कृष्ण
चीर बढ़ाने,
चीर...डालो दुष्शासन को...
बनके तलवार
दो धारी तुम।
उठो जागो धरो रूप
काली का,
हे! कलयुग की नारी तुम।

रूप चंडी का जो अब
न धरोगी ...
दुर्योधन यूं ही
चीर हरेगा,
उठना बैठना चलना खेलना,
सब तेरा दुश्वार करेगा,
तुझमें है, शक्ति प्रलय की ....
मत समझो खुद को
बेचारी तुम।
उठो जागो धरो रूप
काली का,

हे! कलयुग की
नारी तुम।

अति ही अंत की
जननी है ...
अति हुआ अत्याचार का,
सुबक दुबक कर
जीती रही तुम,
दंश झेला बलात्कार का,
प्रतिकार लेने को बन
जाओ अब...
नागिन इच्छाधारी तुम।
उठो जागो धरो रूप
काली का,
हे! कलयुग की नारी तुम ...

सीमा गर्ग मंजरी
(मेरठ)

नारी अबला नहीं सबला है...

शक्ति से ओतप्रोत, पावनता की प्रतीक, करुणा, सदाशयता, ममता, वात्सल्य, प्रेम से पूरित हृदय, नारी सुलभ गुणों से शोभित हमारे समाज में नारी अबला नहीं सबला है।

ममतामयी माँ के नवरूपों की प्रतीक, सृष्टि की आधारभूता नारी का ईकार लोप होने पर यदि त्रिलोकीनाथ, देवों के देव महादेव भी शिव के स्थान पर केवल शव रह जाते हैं तब वह नारी अबला कैसे हो सकती है। सनातन युग से आधुनिक युग तक देखिये माँ दुर्गा के नवरूपों में महिषासुर मर्दन, मधु कैटभ जैसे असुरों का वध, रक्तबीज असुर का नाश सती अनुसूइया की तप शक्ति जो त्रिदेवों को भी बालरूप बनाकर स्तनपान कराने की सामर्थ्य रखती है। तपशीला नारी तप के बल पर अपने पति के प्राण बचाने के लिए सूर्योदय को रोककर हा हाकार मचा सकती है। महारानी लक्ष्मीबाई, पन्नाधाय, अपाला, देवहूति, जीजाबाई, सावित्री जैसी विदूषी नारियाँ जिनकी गौरव गाथायें हम बचपन से पढते सुनते आये हैं। यहाँ कहीं भी नारी रूप अबला नज़र नहीं आता।

काफी समय पहले अवश्य ही नारी दबी, कुचली, सहम कर रहने वाली प्रतीत होती थी। जहाँ नारी पर अत्याचार भी बढ़े और उसका शारीरिक और

मानसिक शोषण भी किया गया। किंतु अब स्थितियाँ पहले से काफी भिन्न है। सम्पूर्ण विश्व में हमारी भारतीय नारियाँ अपनी शक्ति, सूझबूझ, साहस, सौन्दर्य, बुद्धि का लोहा मनवा रही हैं। नारी अधिकार के प्रति जाग्रति का परचम फहरा रही हैं। आज के आधुनिक युग में भी नारियाँ अपना विहंगम प्रदर्शन जारी रखे हुये हैं।

साइना नेहवाल हो या कर्णम मल्लेश्वरी, रीता फोगाट हो या मैरी कॉम, सानिया मिर्जा हो या इंदिरा नूई, शोभा मुदगल हो या लता मंगेशकर, ममता कालिया हो या अंजुम रहबर इनके जैसी अन्य अनेक नारियों ने हर क्षेत्र में डटकर अपनी योग्यता को सिद्ध किया है।

सरकार ने भी अपनी अनेक नीतियों में बदलाव किये हैं। जिसके कारण नारियों को पुरुषों के समान अधिकार मिले हैं। यह हमारे मानवीय सामाजिक मूल्यों के लिए गौरव की बात है।

जिनमें सरकार द्वारा ताजा तरीन और मुख्य रूप से तीन तलाक का कानून अभूतपूर्व एवं अत्यन्त सराहनीय कदम है।

नारी सृजनशील प्रकृति प्रदत्त अनमोल गुणों से परिपूरित सृष्टि की सृजनशीलता परिवार की कुशल संचालिका है। जिसके बिना घर भी मरघट समान लगता है।

नारी इस धराधाम पर ईश्वरीय अनमोल कृति है।

नारी को भी समाज में भी सम्मानित स्थान एवं व्यवहार प्राप्त करने का पूर्ण अधिकार है। और हम इस ओर कदम बढ़ा चुके हैं।

प्रा. द्वारका गिते-मुंडे (बीड)

।। संवेदना का अकाल ।।

स्वार्थ की आंधी में
संवेदना का अकाल है।
झूठ फरेब और अहंकार
सब यहाँ गोलमाल है।

रिश्वतखोरों का नाम है।
सत्ता संपत्ति के गुलाम हैं।
लुच्चे लफंगियों का
होता यहाँ काम है।

बढ़ती व्यवहारिकता से
रिश्ते नाते निलाम है।
सच में आज यहाँ .....
संवेदना का अकाल है।

चलो दिल से संकल्प लेते हैं।
स्नेह सौहार्द का गीत नया गाते हैं।

न 'मैं' कुछ हूँ, न मेरा सब कुछ है।
झूठे अहंकार को त्याग देते हैं।

वेदना सबकी अलग अलग है।
फिर भी जिंदगी हसीन ख्वाब हैं।
कभी फूलों की बहार,
कभी कांटों की कमान है।

संस्कारों को निभाएँगे
संस्कृति को संभालेंगे।
चलो जानते हैं, एक दूजे का हाल।
कम होगा संवेदना का अकाल।।

डॉ. हेमा पांडे

अपनी नायिका खुद बना जाए

सृष्टि में परिवर्तन
अहोरात्र सम्पन्न हो रहा है
अपनी तमाम पुरातन
छवियों को तोड़ता हुआ
जीवन एक नए समय में
चला आया है।
ऐसे में जरूरी है कि
स्त्री भी अपने अंधेरों
और उजालों को
अब नई रोशनी में देखें
विमर्शों की पुरातन
केंचुल के बाहर
अपनी सम्भावनाओं को
ईमानदारी से तराशा
आखिर दर्द की सीली
अंधेरी रातों के बाद
एक भोर फूट रही है।

फिर क्यों पृष्ठ प्रेषण किया जाए
क्यों पुरानी टीसों को ढाल बनाकर
इस नए समय में
सुरझाये तलाशी जाए
क्यों स्त्री होने को एक
अवसर की तरह जिया जाय
क्यों न अपने जीवन की
नायिका कुछ इस तरह बना जाएं।

अनिता पांचाल
(गुरुग्राम)

बेटी बचाओ नारा लगाओ

बेटी बचाओ नारा लगाओ
जगह जगह पर लिखवा दो...
माँ बनना हर औरत गौरव है
जब कोख मे बेटी आती है...
माँ घुट घुट कर जीती
प्यार बहुत वो करती है...
पर दुनिया मे नन्हीं सी जान
को लाने से डरती है...
कैसे किसी पर करे भरोसा हर जगह
इन्सानी शक्ल में भेड़िए बैठे हैं...
कब तक आँखों के ताले में
वो रहेगी कैद...
कभी तो बाहर जाएगी
कब तक खैर मनाएगी...
कर मनमानी जिन्दा
जलाई जाएगी...

सोच सोच माँ घबराती
इसलिए कोख में मारी जाती है ...
नारा है जोर से लगाना होगा
बेटी बचाओ बेटी बचाओ...
सोचो बेटी पैदा ही नहीं की जाएगी
तो दुनिया कैसी हो जाएगी...
औरत किसी से कमज़ोर नहीं
बस नर्म दिल सब विश्वास कर लेती है...
बस इतनी इतनी सी गलती
निश्छल है कमज़ोर नहीं...
बेटी बचाओ बेटी बचाओ
अभी से नारा है...
जो हो रहा है देख के ये सब
खुद माँ बेटे को जन्म नहीं देगी
सम्भल जाओ न तो कल का
नारा ये होगा बेटा बचाओ
बेटा बचाओ

सुनीता अग्रवाल
(इन्दौर)

उठो नारी

आया समय, उठो तुम नारी...
युग निर्माण तुम्हें करना है,
आज़ादी की खुदी नीव में
तुम्हें प्रगति पत्थर भरना है।
अपने को कमज़ोर ना समझो,
जननी हो, सम्पूर्ण जगत की,
गौरव हो अपनी संस्कृति
आगाज हो स्वर्णिम जगत का
तुम्हें नया इतिहास देश का,
अपने कर्मों से रचना है
आया समय उठो तुम नारी...
दुर्गा हो तुम लक्ष्मी हो तुम
सरस्वती हो तुम, 'अहिल्या' हो तुम
सत्य मार्ग दिखलाने वाली
रामायण हो सीता हो तुम
रूढ़ि विषमताओं के बंधन को

तोड़ तुम्हें आगे बढ़ना है
आया समय उठो तुम नारी...
साहस, त्याग, दया, ममता की
तुम प्रतीक हो, अवतारी हो,
वक्त पड़े तो लक्ष्मी बाई
वक्त पड़े तो, झलकारी हो
आंधी हो तूफान घिरा हो,
पथ पर कभी नहीं रुकना है,
आया समय उठो तुम नारी...

मधु सक्सेना
रायपुर (छत्तीसगढ़)

किताबें

जब मौन हो जाता है आदमी
तब भी बोलती रहती है किताबें
जब चाहो तब सुन लेना
पन्नों की सरसराहट
शब्दों की चहल कदमी की आहट
महसूसना उनकी नमी, उनकी तपन...
खोल देना दरवाजे, खिड़कियां, रोशनदान
प्राण वायु के लिए ...
सीख लेना
बंजर में से अंकुरण होने का
और कंटक भरी राह पर
सुगमता से चल पड़ने का हुनर
कठिन दिनों में भी
आ जाएगी नींद ...
पढ़ते -पढ़ते अपनी छाती पर रख लेना कोई किताब
या उसकी गोद पर सिर रखकर
सो जाना चैन से ...

सीमा लोहिया
झुंझूनू (राजस्थान)

पिता का चिंतन

मैं जनमानस में पुत्रजन्म की ही क्यों लगन देखता रहा।
उनके जन्मोत्सव पर मनाते जश्न में क्यों मग्न देखता रहा।

अब जाकर मैं विचारों से अधिक यथार्थ में उतर पाया हूँ,
कामपिपासु नज़रों का होते कृत्य जब जघन देखता रहा।

हाँ हर रोज रंगे रहते है अखबार जिन रक्तिम खबरों से,
पढ़कर उन्हें मन में उठी दहशतभरी सिहरन देखता रहा।

जाने कब जाग उठे किसी दिल में वहशी हैवानियत,
मतलब के बनते रिश्तों से विश्वास की कतरन देखता रहा।

क्रमशः निर्भयाओं का होता रहा ऐसा बेख़ौफ अंजाम,
दहशतगर्दी में पिता की अनवरत बढ़ती धड़कन देखता रहा।

जब लिंगभेदी वर्जनाओं को समझाने में लाचार पाया,
नादान बालमन का आक्षेपक सुन, हिय तड़पन देखता रहा।

'सीमा' पतन तो हो रहा है संस्कृति और संस्कारों का,
तभी तो आज जिंदा कन्या भ्रूण का दफन देखता रहा।

अंजली श्रीवास्तव

ख़्वाब

था आँखों में ख़्वाब अनंत
फिर भी उड़ न सकी वो नील गगन में...
अंतस में भर पीड़ा की सागर
बढ़ती रही बस वो प्रीत सघन में...
बनकर गूगल वो चार दीवारों की
सहेजती, बटोरती, बतलाती सबके
चीजों और भावनाओं को...
अपनों संग वो खुश हो जाती,
रो कर फिर वो चुप हो जाती,
फिर खुद ही जीती वो ढेरों कल्पनाओं को...
संग साथ रहे अपनों का गलियारा
रिश्तों में हो नव किरण-सा उजियारा...
चाहे हो न बूढ़ी आँखों का कोई सहारा
पर महक उठे चहुँ ओर ये जग सारा...
गुल भांति न वो अब तक खिल पाई थी
अधखिली ही मिट्टी में बस शायद मिल जाएगी...
गृहणी है, नारी है, माँ है वो
इसलिए सर्वस्व बिन चाहे ही या चाहे वह सब समर्पित कर जाएगी........!!

श्वेता विशाल झा
(गुरुग्राम)

साथी...

जो हाथ प्रिय तुम थामोगे,
तो साथ तुम्हारे चल दूँगी।
मंजिल पर रखना दृष्टि तुम,
मैं राह के कंटक बिन दूँगी।
मत धूप की करना चिंता तुम,
आँचल मेरा छाया देगा।
पीड़ा में भी मुस्काएंगे,
साथी हर ग़म साझा होगा।
रस्ते में मैं थक जाऊँ तो,
तुम रुकना मत चलते जाना।
मंजिल पर पहुंचो, यही तो है
तेरा-मेरा साझा सपना।
उस पर्वत की ऊँचाई पर,
रमणीक -'ये बहुतेरे हैं'
अपने नैनों में भर लेना
उनमें तो सपने मेरे हैं

रश्मि मोयदे
(उज्जैन)

दादी की सीख

दस साल की गौरी को दादाजी और दादी बहुत प्यार करते है। रोज रात को दादी, गौरी को शिक्षा प्रद कहानियाँ सुनाती है तथा मुश्किल घड़ी में अपने आपको कैसे बचाये, उसके भी तरीके बताती है।

गौरी, दादी के साथ मंत्रोंच्चारण कर मंत्रों का अर्थ पूछती रहती है।

गौरी की मां मिताली हर दम एक अनजाने डर से घिरी रहती है, बच्चों को लेकर बात बात में भयभीत हो जाती है।

गौरी के साथ किसी ने कुछ-सोचकर ही कांप जाती है।

मिताली जितना डरती है, गौरी उतनी ही साहसी है।

मिताली को दादी ने समझाते हुए कहा, बेटी ऐसे ही डरते रहे तो कैसे चलेगा, बच्चों को साहसी बनाकर मुसीबत से कैसे निपटा जाए यह सिखाओ।

ये बातें चल ही रही थी की गौरी की प्रिंसीपल का फोन आ गया कि गौरी को चोट आई है। ये सुनकर मिताली होशोहवास खो बैठी, क्या हुआ? मिताली की आवाज थरथराने लगी। कुछ बदमाश लड़कों ने, बात सुनने के पहले ही मिताली की चीख निकल गई, क्या...? मैं अभी आई और बाहर की ओर भागी। पीछे पीछे दादा-दादी भी आये और स्कूल के लिए चल दिये। मिताली बोली, देखा मम्मी जी, जिसका डर था वही हुआ, ना जाने मेरी बेटी

किस हालत में होगी।

बेटी ईश्वर पर भरोसा रखो, सुरेश जी बोले। पापाजी, आये दिन कितनी मासूम बेटियों की जिंदगी दांव पर लग रही है। मिताली रो पड़ी, दादी ने मिताली को गले से लगा लिया।

स्कूल ग्राउंड में पुलिस और भीड़ को देखकर उनका डर बढ़ गया। दादा-दादी और मम्मी को देखते ही गौरी छोड़कर आई। मिताली ने गौरी को सीने से लगा लिया। स्कूल में सभी गौरी के गुणगान करने लगे। आपकी बहादूर पोती कितने साहस के साथ लड़ी है, पुलिस को बहुत दिनों से इन गुंडों की तलाश थी, आज आपकी पोती के कारण ये पकड़े गये।

कैसे? दादाजी ने पूछा।

आईये, बैठ कर बात करते हैं, प्रिंसीपल बोली।

खाने की छुट्टी में गौरी और सोनिया को बदमाशों ने इशारे से बुलाया और सोनिया को लालच देकर साथ ले जाने लगे, गोरी चिल्लाई तो वो सोनिया को उठाकर भागने लगे, यह देखकर गौरी ने छोड़ कर अपने कराटे का तरीका अपनाया और अपनी टांग उनकी टांगों में फंसाकर एक को गिरा दिया और दूसरे को अपने नाखूनों से नोचते हुए अपने दांतों से उसके हाथ में काट दिया, दोनों कुछ समझते उससे पहले गौरी ने अपनी जेब से हल्दी की पुड़िया निकाल कर उनकी आंखों में उड़ा दी और चिल्लाकर सबको इकठ्ठा कर लिया, भीड़ को देखकर ये भागने लगे तो गौरी ने अपनी दूसरी जेब से कंचे निकाल फूर्ती से सामने फैला दिए, कंचे पर पैर पढ़ने से दोनों गिर गये और पकड़े गए।

यह सुनकर मिताली को अपनी सास की बातें कानों में गूंजने लगी, डरने के बजाय बच्चों को मुश्किलों से कैसे बचना, यह सिखाना चाहिए।

मिताली ने बहुत सम्मान और गर्व से सबको बताया कि दादी की शिक्षा और आशीर्वाद से यह सम्भव हुआ है।

आज हर घर में ऐसे ही दादी की शिक्षा और प्यार की जरूरत है।

शालिनी तनेजा

निर्भया की माँ

आज निर्भया की माँ फिर से
सबसे कर रही सवाल
रोज़ ही स्वपन में आ रही
बेटी को बोलो क्या दूँ जवाब?
तड़प से उसकी मैं तड़पूं हर पल ही
जब जब भी करूँ सामना उनका
जीती जागती बेटी को मेरी
जिन्होंने क्षत-विक्षत शव में बदला
दया न जिनको आयी जरा भी
आज दया याचिका डालें
कानून के ही संरक्षण में है
उस दिन कानून को तोड़ने वाले
लचर व्यवस्था लाचार न्याय
कौन कहाँ अब गुहार लगाए
कानून बनाने वाले ही जब
शातिर चालों में फँस जाये
क्या ये व्यवस्था धकेल रही है
जंगल राज की ओर सभी को
सभ्य समाज क्या झेल पायेगा
यदि भीड़ करे न्याय सड़कों पर ????...

कल्पना सिंह

(मध्यप्रदेश)

कविता

संकुचित सोच की चारदीवारी में कैद वे लोग,
जिनके मस्तिष्क को आज़ादी नहीं मिल पाई,
अपने ही बनाए रूढ़िवादी रीति-रिवाजों से।
ऐसे लोग प्रश्नचिन्ह लगाते हैं दूसरों की जीवन शैली पर,
छीन लेना चाहते हैं उनका रूप, उनकी हंसी,
उनके निर्णय और उनकी स्वतंत्रता को।

सोच की चारदीवारी के भीतर,
छटपटा कर रह जाती हैं कुछ आकृतियाँ!
दम तोड़ देती हैं जाने कितनी आशाएं, इच्छाएं,
घबराती हैं खुले माहौल में जाने से,
सहम जाती हैं चंद आवाजों के शोर से,
आंसुओं में बहकर रह जाती हैं कुछ सिसकियां।

जाने कब धराशाई होगी यह चारदीवारी
सांस ले सकेंगे लोग खुली हवा में।
कब खुल पाएंगी दिमागी बेड़ियां?
आज़ाद हो पाएगी उनकी सोच।
आखिर कब??

रीना

गगन में उड़ान भरना चाहती हूँ

परिंदों के सँग छोड़ना चाहती हूँ
मर्यादा में बंधा हैं ये जीवन मेरा
तोड़ ज़ंजीर भागना चाहती हूँ

सवाल बनी ज़िंदगानी मेरी
खुद जवाब जानना चाहती हूँ
पथरीली राहों में फूलों से ख्वाब
अमन का चमन लगाना चाहती हूँ
बीत गयी सारी घड़ियां मनाने में
अब चाहतों से रूठना चाहती हूँ
हर घड़ी इंतज़ार पल पल सबका
सुलगती राहों में चलाना चाहती हूँ
उफ्फ्फ ये चाहतें रीना उम्रभर की
खुल कर इसमें भीगना चाहती हूँ

डॉ मीरा त्रिपाठी पांडेय

मैं छुई मुई नहीं

नहीं नहीं नहीं...
मैं छुई मुई नहीं
मैं तो धधकती चिंगारी हूँ, मैं भारत की नारी हूँ।।

नहीं नहीं...अपनेपन में वारी हूँ,
अपनेपन में हारी हूँ।
दिल में आग लगाती हूँ,
दिल से आग बुझाती हूँ।।

नहीं नहीं...दिल से दिमाग का संयोजन करती हूँ,
करती आई हूँ।
रब से मेरा नाता है,
नाते में अपनापन है।
रीतेपन से दूरी है,
दूरी आग लगाती है।।

नहीं नहीं...स्नेह की धार बहाती हूँ।
अमृत मैं बन जाती हूँ।
अग्निपरीक्षा से उत्तीर्ण हूँ।
वसुंधरा में समाती हूँ।।

नहीं नहीं...रोती हूँ, जग खोती हूँ।
जल बन कर, निर्मल होती हूँ।
उतनी ही शीतल होती हूँ।
अश्रु जल से मन धोती हूँ।।

नहीं नहीं...जल में मैं हूँ।
थल में मैं हूँ।
मन के हर दर्पण में मैं हूँ।
मैं तो मैं हूँ। मैं से मैं हूँ।।

नहीं नहीं...
इतनी पावन काया मेरी, पावनता सी माया मेरी।
तन मन के इस दर्पण पर, विचलित होती छाया मेरी।।

नहीं नहीं नहीं... मैं छुई मुई नहीं।।

नगिता जागलान
रावलवास कलाँ हिसार, (हरियाणा)

आज एक और

पल्लू से बंधे दो सिक्कों में
वो पूरा बाज़ार ख़रीद लेती
कभी आलू, कभी बैंगन
कभी पालक का गठा
उत्सुक होकर वो
सब के भाव पूछती
नज़रे छोड़ाती हुई
उसी रेहड़ी को तलाशती
एक आने में जहाँ
ढेरों ताजी सब्जी मिल जाती
धुँए भरे रसोईघर में
आँखों में पानी
चेहरे पर मुस्कान लिए
बड़े शौक सें भात पकाती
सबकी खुशियों का ख्याल रखती
फिर भी वो जला दी जाती

हाँ वहीं औरत
खबर बनती हैं मोहल्ले की
फिर भुला दी जाती हैं
आज फिर कोई जलायी गयी
ओर वो मेरे हृदय में
आँसू बनकर उतर आई।

रत्ना पांडे
वडोदरा, (गुजरात)

ममता से भरे वह चिन्ह

गर्भ धारण करना, नारी के लिए है बहुत बड़ा वरदान,
हर नारी को जीवन में मिलता, इससे मान व सम्मान,

गर्भावस्था के दरमियान, मन ममता से भर जाता है,
पहले सा ना रह पाता, तन में परिवर्तन आ जाता है,

नहीं होती चिंता माता को, अपने तन और यौवन की,
पूर्ण विकसित हो जाए बालक, यही तमन्ना होती माँ की,

माँ के पोषण से, छोटा सा भ्रूण बालक में ढल जाता है,
नौ माह गर्भ में पलता, माँ की हर धड़कन सुन पाता है,

फिर एक दिन जन्म लेकर, दुनिया में वह आ जाता है,
माँ के शरीर से हमेशा के लिए, पृथक वह हो जाता है,

किन्तु माँ के तन पर तब, कुछ ऐसे चिन्ह बन जाते हैं,
जो माँ की अंतिम विदाई में भी, संग उन्हीं के जाते हैं,

उन चिन्हों को आज तलक, कोई भी नहीं मिटा पाया,
जैसे उन चिन्हों पर भी हो, माँ की ममता का ही साया,

माँ की ममता भी तो, उन चिन्हों जैसी ही तो होती है,
गर्भावस्था से जो प्रारंभ हुई तो, जीवन पर्यन्त रहती है,

माँ की ममता के समक्ष, भगवान भी नतमस्तक होते हैं,
इसीलिए दुनिया में माँ को, भगवान तुल्य सब कहते हैं।

अंशु प्रिया अग्रवाल

सच्चाई महकते व खिलखिलाते गुलाब की

गुलाब अपनी जड़ों के पास फैली गोबर, खाद, मिट्टी के ढेर को देख चिल्ला रहा था, झल्लाहट से उसके कांटे और कंटीले महसूस होते थे। गुस्से से बोला-रे गोबर, गंदगी के ढेर! तुझे और कहीं जगह नहीं मिली क्यों मेरी अनुपम शोभा को नष्ट करने चला आया? गोबर का ढेर चुप रहा कुछ ना बोला। गुलाब तो बकता रहा, तुनकता रहा, ढेर चुपचाप सहन करता रहा सुनता रहा।

शाम हुई माली पौधों को सहलाने और पानी देने आया। गुलाब के पौधे ने अपनी शिकायत रखी। माली हंसा और बोला प्रिय! गुलाब! यह गंदगी का ढेर ही तुम्हारे जीवन को सींच कर तुम्हें संजीवन शक्ति प्रदान करते हैं, जिससे तुम आज सुवासित होकर महक रहे हो गुलाब को अपनी झूठी शान पर बहुत ग्लानि हुई।

गुलाब फिर अपनी जड़ों से जुड़कर खिलखिलाने मुस्कुराने लगा।

उसी प्रकार माता पिता नींव बनकर बच्चों का भविष्य निर्माण करते हैं। खाद बनकर बच्चे के बीज को पल्लवित कर पौधे से वृक्ष बनाते हैं। बच्चा जब पढ़ लिखकर बड़ा आदमी बन जाता है, वह गुलाब फूल की तरह अपनी जड़, अपनी मिट्टी, अपने खाद से चिढ़ता रहता है। वह अपने ही मां-बाप

को अपना कहने में हिचकिचाता है। उनकी पहचान तक छुपाने में शर्म का अनुभव नहीं करता।

गुलाब के फूल ने तो अपनी भूल सुधार ली। क्या आज के बच्चे भी बूढ़े मां-बाप को अपना आधार समझ कर उनके चरणों की धूलि को अपना सर्वस्व समझ पाएं?

कोमल सोनी
बतौली सरगुजा (छ.ग.)

'मैं हूँ सबला'

नहीं मैं अबला बनी हूँ सबला;

जैसे मेरे माथे की बिंदिया,
केंद्र हूँ, इस विश्व-पटल का।

हर क़दम पर, हर दुर्गम पर,
साबित कर खुद को; बनी सम्मान,
हर हृदय-तल का।

तनिक मात्र भी संशय अब ना,
प्रतिस्पर्धा के, कठिन युग में भी।

वर्चस्व बना पाई, कोमल स्त्री-मन का

अनेक रूपों को जीती आई,
कर्त्तव्य निर्वहन करती आई,

फ़िर क्यों न कहूँ, 'हाँ, मैं हूँ सबला'
सौभाग्य इस धरा-गगन का।

मोनिका जैन
दिल्ली

क्यों इतनी खफा है तू मुझसे मेरी माँ

जो मुझको ही मारने में है अब तेरी रज़ा
खंजर की तरह चुभ रहा है हर एक पल अब मेरा माँ,
और कांप रही है मेरी रूह कि पल भर में मिटा देगी माटी में अब
मुझको ही मेरी माँ
जिस माँ को ढूँढ़ रही थी दिन-ब-दिन निग़ाहें मेरी,
वो आज देनी वाली है यूँ मौत की दस्तक मेरी
नन्हीं सी परी हूँ मैं मुझको अपने आगोश में ले ले तू,

और ये नशा जो है लड़के का तुझको मिटा दे माँ आज इस दस्तूर को तू
ममता की मूरत है तू इसको निर्ममता में तब्दील ना कर,
और ये जज़्बा जो है मुझमें जीने का इसको ऐसे तमाम ना कर
रखती हूँ चाह मैं भी आसमां तक को छूने की माँ,

पर मार ना मुझको ऐसे तू मेरे जन्म लेने से पहले ही माँ
बेजुबान हूँ मैं पर इन बहती आँसुओं की धारा को पहचान,
और दिल पर एक बार हाथ रखकर मेरी गुस्ताखी को तो जान

हर ज़िम्मेदारी का बोझ भी उठाऊँगी माँ मैं,
और वक्त आया तो चिता को आग देने शमशान तक भी जाऊँगी मैं
सुना दे माँ मुझको अब एक तू मीठी सी लोरी,

और सुनने को बेकरार हूँ तेरे मुँह से आ रही है
आशियाने में अब मेरी बेटी...मेरी बेटी
क्यों इतनी खफा है तू मुझसे मेरी माँ,

जो मुझको ही मारने में है अब तेरी रज़ा...तेरी रज़ा।

सारिका भूषण

मकड़ी और मैं

मेरे सपने
हारने के बावजूद
मज़बूत होते जा रहे हैं
और
मेरे इर्द-गिर्द
चारों पहर
उनके हलचल से
एक जाल बनता जा रहा है
जिसमें मैं अब
एक मकड़ी की तरह
बसेरा ढूंढने लगी हूँ।
चारदीवारी
कुछ घरों में
चारदीवारी नहीं थी
पर शांति थी
कुछ घरों में
बड़ी-बड़ी चारदीवारी थी
जिसमें
दरारें बड़ी आसानी से
दिख जाती थी।
देखा
निशान अब भी स्पष्ट थे।

डॉ पुष्पलता
(मुजफ्फरनगर)

बादल से धूप लिपट गयी वे

भीगी लग अंग सिमट गयी वे
हिया में नाच उठा मन मोर
चहुँ दिशि बरस गया घन घोर
गरज से कच्ची नींद उचट गयी वे
सपने से जाग के उठ गयी वे
हाथ में लिये खींचती डोर
पतंग ले कौन दिशा की ओर
हवा ये रास्ता छोड़ भटक गयी वे
उलझन के हाथ झटक गयी वे
जियरवा उड़े गगन की ओर
नयन में बसा चाँद चित चोर
चकोरी नयनों बीच अटक गयी वे
शीशे सी लाज चटक गयी वे
बादल से धूप लिपट गयी वे
भीगी लग अंग सिमट गयी वे

अर्विना गहलोत
(इलाहाबाद)

पिया वेलेंटाइन

गांव से पहली बार शहर आई मुझे वेलेन्टाइन डे के बारे में कुछ भी पता नहीं था। यहाँ आकर वेलेंटाइन डे के बारे में सुन सुनकर हमारे दिल में भी इस दिन को मनाने की जिज्ञासा जाग उठी किस से पूछा जाए कैसे और क्या तैयारी की जाए?

हमने बालों का झट से जूड़ा बनाया और निकल पड़े सहेली से मिलने।

सखी के घर की डोर बेल पर जैसे ही हाथ रखा तो मधुर गीत बज उठा।

'परन्तु दरवाजा बंद।'

अंजोरी! कहाँ हो तुम? हम्म.. हमने बेसबरे होकर आवाज लगाई?

अंजोरी ने दरवाजा खोला हमें देखकर बाहें फैलाकर गले लगाया।

मोली बहुत दिनों बाद आज तुम्हें अपने यहां देख कर बहुत खुश हुई।

ओह! हो मोली ये सूरज आज पश्चिम से कैसे निकल आया।

अंजोरी अब हमें खड़े ही रखने का इरादा है क्या?

मोली आओ सखि बैठो, तुम्हें हमारी जरूरत कैसे आन पड़ी?

'वेलेंटाइन डे' स्पेशल कैसे मनाएं तुम से कुछ टिप्स चाहिए तुम तो आर्टिकल एक्सपर्ट हो

हाहाहाहाहा ....मोली लेकिन प्रेक्टीकल कभी नहीं किया ना ही सोचा तुमने कहा तो याद आया पिछले साल एक आर्टीकल छपा था पर हमारे पति ठहरे ठेठ भारतीय संस्कृति के प्रतिनिधि उन्हें तो इस सब से कोई मतलब नहीं है।

अंजोरी कोई ऐसा टिप्स देना कि ये हमें पहचान न पाए और हम इन्हें सरप्राइज कर दे।

मोली, लाओ अपना कान इधर करो और सुनो क्या करना है?

मोली की आँखे खुशी से फैल गईं।

सखि,अब मैं बाजार की ओर चलती हूँ।

'बाय बाय अंजोरी।'

'टेक केयर मोली।'

अंजोरी तुम्हारी सलाह पर अमल भी तो करना है।

मोली बाजार गई और अंजोरी के बताए अनुसार खरीदारी की और अपने हुलिए को बदलने का एपाइंटमेंट ले लेकर घर आगई।

रात सुबह के इंतजार में बड़ी बेचैनी से बीती।

घर का सभी काम समय से निपटा लिया और अपना हुलिया बदलने निकल पड़ी। पार्लर के मिरर में खुद को भी पहचान ही नहीं पा रही थी।

मोली स्वयंम की छवि से मुग्ध हुए बिना न रह सकी।

मोली ने अपने ही सिर पर एक चपत लगाई।

चल मोली, अपने पिया वेलेंटाइन की तो आज राम .....ही जाने।

घर आकर मोली ने बाहर से ताला लगा दिया और पीछे के दरवाजे से अंदर आगई।

मोली, को एक एक क्षण भारी पड़ रहा था। कुछ ही देर बाद ताला खुलने की जैसे ही आवाज आई तो मोली छुप गई।

अंकित ने जैसे ही घर में कदम रखा भीनी-भीनी खुशबू नथूनों से टकराई थोड़ा आगे बढ़ा तो देखा डाइनिंग टेबल पर दिल के आकार का चाकलेट रखा था उसके आजू-बाजू रेड कैंडिल जल रही थी। गुलदान में रेड रोज लगे थे उसके पास खूबसूरत एक कार्ड रखा था उस पर लिखा था अब देखते ही रहेंगे, बेडरूम में कपड़े रखे हैं बदल लें, अंकित बेडरूम में गया तो ठगा सा देखता रह गया पलंग पर लाल गाउन पहने सुंदर सा फ्रेंच नाट बनाए उस पर सुनहरे गुलाबों को लगाए एक महिला बैठी है।

लाल रंग की मधम रोशनी में सौंदर्य की मूरत आखिर कौन है अंकित असमंजस में पड़ गया।

मैं पहचाना नहीं आ...आ.... आप कौन हैं और अंदर कैसे आईं? देखिए आप से अनुरोध है कि मोली के आने से पहले यहाँ से चली जाएँ। अचानक से पलंग पर बैठी महिला तेजी से उसकी ओर बढ़ी और अंकित जब तक कुछ समझ पाता जब तक महिला उससे लिपट गई और गाल पर एक चुम्बन जड़ दिया।

अंकित के तो पसीने छूट गए महिला से अपने को जैसे ही अलग किया। मोली की हँसी छूट गई।

'पिया वेलेंटाइन' ये तो हम हैं।

ओह! हो मोली तुम ..हो..... आई एम सरप्राइज्ड।

तुम तो आज इस वेस्टर्न ड्रेस में बहुत सुंदर लग रही हो

यहां आओ मेरे पास, मेरी प्यारी वेलेंटाइन के लिए मेरी तरफ से ये प्यारा सा गिफ्ट अंकित ने मोली को अपनी बाहों में भर लिया।

विद्या शर्मा
फरीदाबाद, (हरियाणा)

पूर्ण विराम...

जिस तरह एक रक्कासा शाम होते ही अपनी ग्राहक और खरीदार का इंतजार करती है, ठीक उसी तरह वह हर शाम अपनी दुर्गति की प्रतीक्षा करती।

कुछ आदर्श वाक्यों ने उसके दिमाग और उसकी सोच को जड़ बना दिया था। जो पति को देवता बनाकर उसे अत्याचार का अधिकार देता है और स्त्री को कहता है कि, पति देवता होता है, वह कैसा भी हो पत्नी को सेवक की भांति उस की सेवा करनी चाहिए तथा किसी भी परिस्थिति में उसका त्याग नहीं करना चाहिए।

वो रोज सज धज कर, मुस्कुरा कर उसका स्वागत करती है, किंतु जरा सी बात पर उसका बेतहाशा क्रोध और उस क्रोध की परणिती उसके सुकुमार गोरे तन पर, नीले-बैंगनी चिन्हों में परिवर्तित हो जाती। कांच के बर्तन टूटते और टूटकर कमरों के कोने में दुबक जाते।

धातु के बर्तनों की झनझनाहट बड़ी देर तक उत्पात मचाती। कई हिचकियाँ गले तक भी नहीं पहुंच पाती और लोक मर्यादा के भय से वहीं दम तोड़ देती। पर वह भारतीय नारी है, चेहरे का तेज और सहने की

सीमा बरकरार रही।

ना जाने क्यों अक्सर छौंक लगाते समय वो जल जाती, ना जाने क्यों अक्सर वो सीढ़ियों से फिसल जाती है।

इतनी बेपरवाह तो नहीं लगती, पर इसका कारण कभी स्पष्ट नहीं हो पाया।

अक्सर कोई खास मेहमान, उसके अधिकारों का हनन करने, रात के अंधेरे में देवता संग चली आती और वह पूरी रात के कोने में अनजान और शांत पड़ी रहती। कहीं देवता के सुख में बाधा ना पड़ जाए।

शराब की तेज गंध और उल्टी में सने कपड़े भी उसके कर्तव्यों के निर्वाह के आड़े नहीं आते। किसी कुशल परिचारिका की भांति बड़ी ही तत्परता से सब कुछ साफ कर देती और अपने मंदिर रूपी घर को पवित्र कर देती।

पर मन की टीस का क्या? किंतु उसका भी उपाय था।

बचपन से मां के द्वारा मिली सीख ...जो उसकी मां को, उनकी मां ने और उनकी मां को उनकी माँ ने पीढ़ियों से हस्तांतरित किया था।

पुराणों और ग्रंथों की सीख की, पति देव तुल्य होता है.. उस के मन के सभी मैल को धो देता है और वह फिर से, पवित्र मन से प्रेम पूर्वक अपने कर्तव्यों को निभाने, कर्म पथ पर चल देती।

वो कुछ अधिक पाषाण हो गई थी। दानव रूपी देवता के अत्याचार से मुक्त होने की इच्छा बलात हृदय मे आती-जाती।

सहनशीलता बढ़ी तो पीड़ा की अनुभूति कम हुई, और जब पीड़ा की अनुभूति कम हुई तो नये और क्रांतिकारी विचारों का जन्म हुआ।

कुछ मचलते ख्वाबों की तितलियां उसकी आंखों की देहरी पर अक्सर आते-आते ओझल हो जाती। कभी-कभी तो वो बहुत दूर, उनके पीछे भागती भी फिर थक हार कर लौट आती है।

अब वह इस यातना स्थल से दूर जाना चाहती है। वह चाहती है उसकी स्मृति खो जाए ...वह स्वयं संसार में खो जाए।

हथियार की धार, पाषाण के पर ही तेज होती है और इसीलिए विचारों के हथियार, उसके पाषाण हृदय पर धार ले रहे थे।

कुंठित संस्कारों की बेड़िया डर से ढ़ीली पड़ने लगी, क्योंकि उनसे निकलने को हृदय, विद्रोह की ताक में था।

युद्ध तो चल रहा था और वह लड़ भी रही थी, पर पता नहीं क्यों जीतना नहीं चाहती थी। शायद इसलिए कि वह देवता नहीं थी या शायद इसलिए कि, कोई कृष्णा उसका सारथी नहीं था।

पर आज वह स्वयं कृष्ण थी, स्वयं अर्जुन। स्वयं पक्ष थी, स्वयं विपक्ष थी।

उसने स्वयं से कहा 'मैं चाहूँ तो, थोड़ी सी कोशिश से सब कुछ संभाल सकती हूँ। बस मुझे एक बार फिर, खुद को थोड़ा और शर्मिंदा करना होगा। फिर से अकारण माफी मांगनी होगी .. ..

मैं यह सब कर भी लूँ, वर्षों से यही करती आई हूँ। किंतु कब तक? मेरी यह कोशिश आखिरी तो नहीं होगी ....कुछ समय बाद वो फिर दानव रूप में आएगा ...फिर कुछ जख्म मेरे शरीर और आत्मा को मिलेंगे ....फिर वही उपेक्षा और तिरस्कार मुझे आत्मग्लानि के कीचड़ मे डुबो देंगे

उसकी वितृष्णा पोषित होगी.... वह और पुष्ट और बलिष्ठ होगा... मैं और सहनशील अपराधी बनती जाऊँगी।'

विचारों के ज्वार भाटे, उसके पाषाण हृदय से टकराकर लौट रहे थे, पर वह खाली हाथ ना आते, ना जाते।

हर बार वह, कुछ ना कुछ छोड़ कर ही जाते और कुछ ले जाते। हर बार वह विचार, उसकी पीड़ा का कुछ कण बहा ले जाते और आशा की कुछ नमी छोड़ जाते।

अब वह अपने जीवन की तमाम गतिविधियों, दुविधा, चिंताओं और पीड़ा पर पूर्ण विराम लगाना चाहती थी। पर रास्ता नहीं सूझ रहा था क्योंकि सामने दोराहा था...... पहला कि वह अपनी सांसो की गति पर पूर्ण-विराम लगाकर पीड़ा के इस संसार से विदा ले ....दूसरा जीवन की तमाम किंतु-परंतु को, पूर्ण विराम देकर पीड़ा के उस संसार का ही अंत करके नये जीवन की शुरुवात करे।

विचारों ने विजय पाई ..उसने नये जीवन को चुना और नवजीवन के चमकते सूरज ने उसके जीवन के अंधकार का अंत कर उसके और उसकी पीड़ा के बीच एक रेखा खींच पूर्ण-विराम लगा दिया।

शशि पुरवार

'गज़ल'

हौसलों के गीत

जिंदगी अनमोल है नित, हौसलों के गीत गाना
हर कमी तन की भुलाकर, साथ जग के मुस्कुराना
जिस्म गर विकलांग है तो, तुम बदलना सोच अपनी
लिख सकोगे नव इबारत, भाग्य हाथों से बनाना
तन अपाहिज है नहीं मन, मर्ज को ताकत बनाओ
जग हँसे या मीत रूठे, पीर को मत गुनगुनाना
दर्द की मीठी लहर, जब, देह मन को चीर देगी
टूटना मत, नित सँभलना, ख़्वाब आँखों में सजाना
राह पथरीली बहुत ही, हर कदम पर इंतिहाँ है
समय के निष्ठुर पहर पर, दीप आशा के जलाना
हर कमी तन की नहीं, मन की हमेशा सोच होती
नजरिया जग का बदलना, और खुल कर मुस्कुराना।

सारिका आशुतोष मूंदड़ा

(पुणे)

उपमायें

मुझे दी गयी, अनेक उपमायें।
कभी सृष्टि की, कभी नदी की।
तो कभो पृथ्वी की मन्तव्य था,
हर बार - मुझे थामने का, रोकने का।
सृष्टि हो तुम! वहन करो।
नदी सी हो तुम
बहो, लेकिन, दो किनारों के बीच।
पृथ्वी सी हो, सहनशील बनो।
क्यों नहीं कहा गया कभी?
मुझे, कि बनो अम्बर! या फिर सागर?
शायद डर हो - कि ???
उड़ने न लगूँ कहीं? सपनों के पंख खोलकर।
कहीं जान न लूँ
कि, आसमां की हद नहीं होती
या कहीं मैं
विस्तार न पा जाऊँ, सागर न बन जाऊँ।
तय है न, तब फिर?
मेरे व्यक्तित्व का फैलाव।
इसलिए ....सदैव कोशिश की गई,
मुझमे कुछ उकेरा जाए,
मन को चितेरा जाए।
ताकि

मैं वो न हो सकूँ,
जो मैं हो सकती हूँ।
चलो...
सब कुछ समझ कर भी
स्वीकार करती हूँ।
मगर तुम याद रखना
कि,
पृथ्वी...
भूकम्प भी लाती है।
और प्रकृति...
अपने नियम खुद बनाती है।
और..मैं इन सबको
मानती हूँ केवल
महज एक उपमा...
अपने लिए।।
मैं जानती हूँ कि'
मैं शक्ति हूँ,
सिर्फ शक्ति!

शोभा शर्मा

हम औरतें

क्यों न थोड़ा सा अपने खुद के लिये जिया जाये?
बचपन से लेकर बुढ़ापे तक,
कभी पिता तो कभी पति,
फिर बेटों की मर्जी से जिया,
अब क्यों न अपने दिल के लिये जिया जाये।
जीने के लिये मरते रहे,
समाज के मुख को देखकर घुटते रहे,
क्यों न किसी छत्रछाया की जरूरत के बिना ही,
खुद की ख्वाहिशों के लिये जिया जाये।
बाईयों की झिक झिक, रसोई की खिटपिट,
बालकों की पिट पिट, नौकरी की टिक टिक,
जिम्मेदारियों के कोल्हू से निकल बाहर,
क्यों न कभी बसंती बयार देखी जाये।
बालक मन में कितने पलते थे शौक,
दफ्न हुये दिल के कमरे में,
रखा उठाकर उन्हें तौख,
दबे रहे सबके पहरे में,

क्यों न उन्हें फिर से जिंदा किया जाये।
ऐ लड़की! ओ लड़की!
तू बंद रह कमरों में, बुर्के और घूँघट में, मर्यादा की हद में,
न हंस न खिलखिला, पहरों से निकल,
क्यों न खुली हवा में कभी साँस लिया जाये।
हम नारियों के मन की उड़ान को,
क्यों न छोटे बड़े पंख दिये जायें।
ऐसा भी क्या होगा? जो निकल जायेंगी हम दायरे से बाहर?
फिर भी तो मन की बाड़ बंधी ही रहेगी,
क्यों न तनिक सपनों में भी जिया जाये।
क्यों न थोड़ा खुद के लिये जिया जाये।
कभी कुछ किया किसी के लिये,
कभी और कुछ किया किसी की खुशी के लिये,
क्यों न अपनी खुशी के लिये कभी कुछ तो किया जाये।
पंख बढ़ा,
ख्वाहिशें पाल,
सपने देख,
अपने होने का सबूत माँग,
दिल के शौक,
इच्छायें जगा,
जिंदा इँसान होने का परचम लहरा।
माना कि त्याग समर्पण,
दैवीय रूप से नवाज दिया तुझे,
क्यों न कभी अपने अंदर के,
इँसान के लिये भी जिया जाये।

श्रुति श्रीवास्तव

नारी शक्ति

ये नारी शक्ति तुम सबके प्राण उजागर कर सकती है,
बस होड़ हो कुछ पाने की।
नाते रिश्ते सब छोड़ कहीं ये, देश बदल सकती है,
बस होड़ हो कुछ पाने की।

ऐसा कोई तिनका भी नहीं, जो कैद ना हो इन हाथों में,
ऐसा कोई खौफ नहीं, जो डरा दे इन रातों में,
जमीं से आसमां तक उड़ान भर सकती है,
बस होड़ हो कुछ पाने की।

प्यार से रखोगे इसे तुम, तुमको ना गिरने देगी,
पर वार किया तूने जो इस पर, जिंदा ना बचने देगी,
मोहब्बत को नफरत में बदल सकती है,
बस होड़ हो कुछ पाने की।

कमज़ोर समझने वालों तुम, गलत फहमी में ना आ जाना,
आता है हमे बेहतर, तुमको कैसे है समझाना,

काली, दुर्गा, चंडी सब बन सकती है,
बस होड़ हो कुछ पाने की।
ये नारी शक्ति तुम सबके प्राण उजागर कर सकती है,
बस होड़ हो कुछ पाने की।

प्रो. डॉ. उषा गौर
इंदौर (मध्य प्रदेश)

उत्तर-पुस्तिका

जीवन की उत्तर-पुस्तिका को जब मैं जांचने बैठी
समझ आया कितनी गलतियां अनजाने में कर बैठी

हर औरत सब कुछ सहना जानती है
जमाने की हर बात हर कहना मानती है

जो कुछ भी सुनाया किसिने चुपचाप सुनती रह गयी
जब खुद कुछ कहना चाहा कहते कहते रह गयी

यकीं करे ना करें कोई कितनी बार अकेले में वो रोई
जाने कितनी रातें सबकी ख़िदमत करते ना वो सोई

उसके दर्द उसके एहसास को भांप ना पाया कोई
गलतियां गर हुई उससे, गिनवाने आया हर कोई

ऊँचाइयों पे जब पहुंची गिराने आया हर कोई
तड़पते देखते रहे सब ढाढ़स बंधाने नहीं आया कोई

हर अग्नि परीक्षा पास कर वो हर जनम भटकी
उसकी परीक्षा की उत्तर-पुस्तिका विवादों में थी भटकी

इसलिये इस युग में मुझमें ये चेतना जागी
अपनी उत्तर-पुस्तिका का वाचन अब मैं स्वयं करूँगी
जिसे तथ्यों का ना हो ज्ञान उस पर भरोसा मैं ना करूँगी

हिम्मती थी बना लिये जमाने भर से रिश्ते
कुछ अपनों से रिश्ते निभाते निभाते खुद ही को तन्हा कर बैठी
औलाद आयी जब गोदी में तो संग में हौसला आया
जमाने भर की तोहमत को फिर उसने हंसकर ठुकराया
रिश्ता जिससे दिल का जुडा उसने ये इल्म करवाया
मत उलझ ऐसे रिश्तों में जिन्होंने तुझको भरमाया

मजबूत नींव थी उसकी सो आगे बढ़ गयी
हिम्मती थी इतनी कि अपनी-उत्तर पुस्तिका में

अपनी गलतियों को पढ़ गयी जीवन के इम्तिहान में
अपनी उत्तर-पुस्तिका को आप ही जांच सकते हैं
उसमें क्या लिखा है सिर्फ आप ही बांच सकते हैं
आपके स्तर को कोई और क्या जांच पायेगा
कहां गलतियां हुई आपसे उसे दूजा कैसे बतलाएगा
अपनी उत्तर-पुस्तिका का वाचन जब कोई करवायेगा
उसके अच्छे गुणों की ही बात हो बस यही वो चाहेगा

सदियों से परीक्षा दी है बस तुमने
अब परीक्षा लेने का मौका है
बता दो तुम भी दुनिया को

तुम्हें किस किस ने टोका है
नारी तुम नारायणी हो सुनके अच्छा लगता है
वही मानुष तुम्हारी पीठ पीछे तुमको ठगता है
भरोसा अब नहीं करना तुम किसी की बातों का
यहां अब वो ही जीता है जिसे खुद पर भरोसा है
यहां अब वो ही जीता है जिसे खुद पर भरोसा है

जीवन के इम्तिहान में जो सबका दिल जीत जाएगा
बस वही इस इम्तहान में पास माना जाएगा
फिर तुम्हारी परीक्षा लेने दूजा कोई ना आयेगा
अपनी उत्तर-पुस्तिका का मूल्यांकन तुम्हारे हक में आएगा

संगीता दास
(रायपुर)

तलाश

देखता है वो आसमान को उम्मीद भरी निगाहों से,
तलाशता है पानी की बूंदें और लगातार बारिश।

आसमान बरसा देता है शोले और उसके बाद
पेड़ों पर लटक जाते हैं रस्सियों के फंदे...

देखती है वो चाँद को, तलाशती है प्यार करने वाला
एक चेहरा...

बदल जाता है चाँद
नोचने-खसोटने वाले किसी हत्यारे दरिंदे में...

दोनों की तलाश बदल जाती है मरचुरी में पड़े लाश में...
अफ़सोस कि हमारा समय ऐसी लाशों को देखने में ही गुज़र रहा।

नम्रता सरन 'सोना'

संकल्प

रविवार का दिन। कल्पना ने टेबल पर नाश्ता लगा दिया था। मैथी की पूरी, अचारी आलू और गाजर का हलवा। सारा घर खूशबू से महक रहा था।

'निशु, विक्की, चलो आओ! नाश्ता कर लो। पापा को भी बुलाओ।

गर्म गर्म है, फटाफट खा लो, नहीं तो ठंडा हो जाएगा। मैं गरमागरम चाय बना कर लाती हूँ।

'कल्पना ने कहा।

सभी नाश्ते की टेबल पर बैठ कर स्वादिष्ट नाश्ते का लुत्फ़ उठाने लगे।

'बेटे, नया साल शुरू होने वाला है। नये साल पर तुम लोग क्या संकल्प ले रहे हो? कुछ अच्छा शुरू करो और बुरी आदतों को छोड़ो।' रविंद्र ने बच्चों से कहा।

'पापा, मैं ये संकल्प ले रहा हूँ कि ड्राइविंग करते समय नो मोबाइल। और नये प्रोजेक्ट पर कॉसंट्रेट करूँगा।' विक्की बोला।

'वाह! पापा, देखो तो भैय्या कैसे उल्लू बना रहे हैं। जैसे हम देखने जाएंगे कि गाड़ी चलाते समय ये बात कर रहें हैं या नहीं। भई, मैंने तो सोचा है कि इस बार कॉलेज में टॉप करूँगी, चाहे कितनी ही मेहनत क्यों

न करना पड़े।' नीशु ने कंधे उचकाते हुए कहा।

'पापा, आप क्या संकल्प ले रहें हैं?' विक्की ने पूछा।

'मैं स्मोकिंग पर कंट्रोल करने की कोशिश करूँगा। हो सका तो पूरी तरह छोड़ ही दूंगा।' रविंद्र ने कहा।

'चलो, चलो भाई, गर्मा-गर्म चाय भी ले लो।' इतने में कल्पना चाय टेबल पर रखते हुए बोली।

'मम्मा, आप क्या संकल्प ले रहीं हैं न्यू इयर पर।' निशु ने कल्पना से पूछा।

'मैं.....'कल्पना ने कुछ कहना चाहा।

'यही कि आलू के परांठे को और टेस्टी कैसे बनाया जाए, या सलाद की नई रैसिपी पता करूं।' बीच में रविंद्र चाय का कप उठा कर हँसते हुए बोला।

'मम्मी, आप इटालियन डिशेज सीखने का संकल्प लीजिए।' विक्की ने बोलकर ठहाका लगाया।

'मम्मा, आप तो बढ़िया फ़िल्टर कॉफी बनाना सीखने का संकल्प ले लीजिए।' निशु ने मुस्कुराते हुए कहा।

तीनों हँस रहे थे। कल्पना ने नज़रें झुका ली।

कुछ देर चुप खड़ी रही, फिर अपने कमरे में चली गई। उसके जाते ही डायनिंग रूम में चुप्पी छा गई।

'तुम लोग समझते हो कि मेरे अपने कोई सपने नहीं हैं। यह पढ़ो, आज ही इस विषय पर मेरा एक आर्टिकल प्रकाशित हुआ है। मेरा संकल्प है कि मैं लगातार दूसरे मुख्य अखबारों के लिए भी इसी तरह से आर्टिकल लिखूं।' तीनों की निगाहें टेबल के बीच में रखी समाचार पत्र के उस बड़े से कॉलम पर थी जिसमें कल्पना की फोटो के साथ आर्टिकल प्रकाशित हुआ था- 'संकल्प नववर्ष का'

भावना 'मिलन' अरोरा
(नई दिल्ली)

चेष्टा गीत

नारी शक्ति की महानता का लेकर कारवां....
बढ़े कदम, थमे न हम, जुनून बुलंद है यहाँ...नारी शक्ति की....
आरंभ जीवन का किसे कहते हैं, किसे कहते हैं...
भाव जब खुशी के बहते रहते हैं, हाँ बहते रहते हैं.....
हो निराशा आरंभ जब.....रंग हो बेरंग सब.......
वीभत्स जब क्षण हो, अश्रु कण-कण हो,
चेतना के स्वर वहाँ कैसे थे जगे? कैसे थे जगे......
सुधा का आत्मबल, बनके हौसला...
छूने चल पड़ा..... अँधेरों में आसमां, अँधेरों में आसमां,
परास्त विकलांगता जीता सुधा का हौसला....
जुनून ज़िगर में हो..तो..मंज़िलें मिलें वहाँ....
नारी शक्ति की महानता का.....
आंधियों को ज़िद थी जहाँ, बिजलियाँ गिराने की,
थी..किसी को.. ज़िद.. वहाँ..आशियाँ बनाने की.....
हृदय में जब हो उत्पात, मुश्किलों.........के वज्रपात,

ध्वस्त हो.......जहाँ सारे...............जज़बात।
शक्ति विश्वास की......रोशनी बन जाती है.......
हिम्मतें अगर नेक हो.....खुदाई भी झुक जाती है।
हाँ जीत गई जो इस जहां को ......
है सलाम उसके थिरकते पैरों को.....
नारी शक्ति की महानता...

शोभा रानी तिवारी
इंदौर, (मध्य प्रदेश)

नारी

नारी से सारा विश्व जगत,
नारी से नर नारायण है,
नारी है जग का गौरव,
नारी गंगा सी पावन है।
नारी ममता का वह सागर,
जिसमें संपूर्ण समर्पण है,
नारी का पद नर से पर,
नारी समाज का दर्पण है।
नारी कुदरत का ऐसा तोहफा,
जो प्रगति का संबल है,
मृदुवाणी और परोपकारी वह,
जिसके बिना अधूरा नर है।
कुल की मर्यादा की खातिर,
विष का प्याला पी जाती है,
सुख-दुख में परछाई बन चलती,

अर्धांगिनी वह कहलाती है।
जिन पुरुषों को जन्म दिया
उन्हीं के हाथों चली जाती है,
कभी त्याग की बलि चढ़ी तो,
कभी जलाई जाती है।
सीता भी कलंक से बची नहीं
अग्नि परीक्षा देने पर भी,
उसको मुक्ति मिली नहीं।
हाड़ मांस की बनी हुई,
उसकी धमनियों में भी लहू बहता है,
सुख दुख का एहसास है उसको
उसका दिल भी धड़कता है।
नारी कुल की मर्यादा है,
नारी की शक्ति के बिना,
नर का बल भी आधा है।
पुरुष प्रधान युग में नारी को,
जीने का अधिकार चाहिए,
उसके सतीत्व की हो रक्षा,
और उसे सम्मान चाहिए,
एक अजनबी के लिए जिसने,
अपना जीवन भेंट किया,
उसके बदले में उसको,
बस थोड़ा सा प्यार चाहिए
बस थोड़ा सा प्यार चाहिए।

रागिनी यादव
रामपुर, (नयागांव)

हिन्द की शेरनी

सन् सनतावन वाली वो तलवार पुरानी कहती है,
बढ़ गया है खौफ, फिर एक मर्दानी लानी है।
दामिनी का चीर, चीखता चिल्लाता है,
कहां गई द्रौपदी, ये कलयुग तुम्हें बुलाता है।
बढ़ गया आतंक, यहां दुशासन चारों ओर हैं,
आ जाओ आवाज उठाने, शासन पड़ा कमज़ोर है।
मर्यादा में रहने वाली सीता जाने कहां गई,
स्वाभिमान का पाठ पढ़ाया, पर आज की नारी भूल गई।
जौहर करने वाली वो औरतें नज़र नहीं आती, पापा के परियों की
शक्तियाँ भी खो गई।
कोई तो ढूंढ लाओ वो स्वाभिमान, शक्ति और विश्वास।
कर लोगी सब कुछ और रच डालोगी इतिहास।
एक नारी के सम्मान में सभी को आगे आना होगा।
अर्जुन नहीं तो क्या, तुम्हें ही गांडीव उठाना होगा।
हिन्द की बेटी हो तुम, तुम्हें स्वाभिमान होना चाहिए।
मां भारती की पुत्रियों को भी खुद पे अभिमान होना चाहिए।
बहुत दिखा ली मर्यादा, बहुत सह लिया अत्याचार,
अब भारती के शेरनियों की दहाड़ होनी चाहिए।

डॉली सिंह
कृष्णा नगर (लखनऊ)

'कविता'

नारी शक्ति स्वरूपा है, नारी प्रकृति का आधार,
नारी लक्ष्मीबाई है, वह राधा, मीरा का अवतार।
मातृशक्ति बनकर है उसने, देवों को भी पाला,
जन्मदात्री वह जीवन की, है ममता का प्याला।
हर कठिनाई सह जाती है, करके धैर्य वो धारण,
पर वही जान पाती है, बच्चों के आंसू का कारण।
श्रद्धा, त्याग, दया, करुणा की, ऐसी है वो प्रतिमा,
कर समर्पित जीवन अपना, रखे कुटुंब की गरिमा।
वो बेटी बनकर मात-पिता की, पूरी करती इच्छा,
भगिनी बन कर करती है वह, भाई की भी रक्षा।
छोड़ के अपना घर आंगन, वह दूजा घर सजाती,
एक आंगन में खेली थी वह, एक आंगन महकाती।
वह बनकर भार्या जीवन के, सारे फर्ज निभाती,
सुख के सब साथी हैं, वो दुख में साथ निभाती।
जीवन के हर कार्य क्षेत्र में, यूं पैठ बनाया नारी ने,
विश्वास बढ़ा के जब अपना, वर्चस्व दिखाया नारी ने।

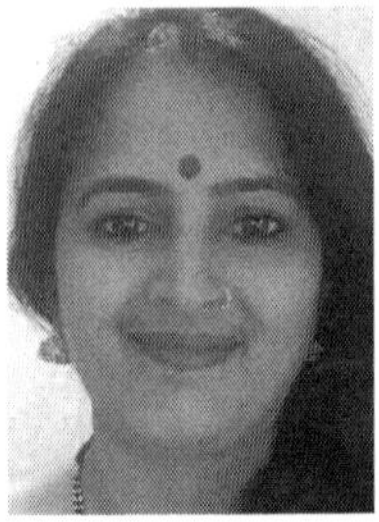

कामिनी सजल सोनी
जबलपुर (मध्य प्रदेश)

नई उषा

नई उषा का रूप खिला है
मेरे मन के आंगन में।
सूरज ने फिर छटा बिखेरी
मेरे मन के मधुबन में।।

यह क्या बोले मुरली के स्वर
बुलबुल चहकी मस्त पवन में।
सतरंगी मन हुआ सपने में
मधुर मिलन के मधुर सुमन में।।

दुल्हन अब श्रृंगार करेगी
हाथों में अब रचेगी मेहंदी।
परिणय की मंगल बेला में
गीत सुमंगल गूँजेंगे

मधुर मिलन की आस संजोए
चंद्र-धरा फिर झूमेंगे।।

वंदना पुणतांबेकर
(इंदौर)

'मैं'

मैं जननी हूँ, मैं माता हूँ।
मैं भारत वैभव की गाथा हूँ।

मैं मन से कोमल, संकल्प से दृढ़ हूँ।
मैं नारी हूँ, सशक्त हूँ, मैं अबला नहीं हूँ।
मैं सबला हूँ, जीवन के इस पथ पर।
वक्त के साथ चलती हूँ।

आत्म सम्मान की खातिर।

जलती हूँ, मैं बुझती हूँ।
व्यर्थ कहते हैं, लोग मुझे।
फिर भी अर्थ बनकर चलती हूँ।
मैं जननी हूँ, मैं माता हूँ।
भारत वैभव की गाथा हूँ।

हर क्षेत्र में योगदान देती हूँ।
फिर भी योग्य हीनता में जीती हूँ।

अपने ही गम में आँखों से अश्रु बहाती हूँ।
अपनों की खुशी के लिए।
मैं निरंतर चलती जाती हूँ।

कभी-कभी हारकर भी, हर कदम मुस्कुरा कर आगे बढ़ती जाती हूँ।
जीवन संघर्षो के मेले में हर गम से
लड़कर हिम्मत से आगे बढ़ती जाती हूँ।

मैं जननी हूँ, मैं माता हूँ।
मैं भारत वैभव की गाथा हूँ।

रितु वर्मा

कस्तूरी

मलिका के आते ही पूरी पार्टी में रौनक आ गयी। नीली रंग की झिलमिल साड़ी, कानों में दमकते हीरे के कर्णफूल और खनखनाती हुई हंसी सारिका मलिका को देख कर सोच रही थी कितनी मस्त रहती है, एक पंछी की तरह। हो भी क्यों ना उसे क्या सारिका की तरह घर के कामों की चिंता होती है, सब कामों के लिये मलिका के पास नौकर हैं। मलिका का पति उसके इशारों पर उठता बैठता है।

एक दिन तो नीलिमा ने मलिका को कहा भी था 'जैसे तुम्हारा नाम है मलिका वैसा ही तुम्हारा जीवन'

आज करवाचौथ के दिन भी वो कितनी खूबसूरत साड़ी पहन कर आई थी। मलिका सबको बता रही थी 'आज मयंक ने फिर से मुझे सरप्राइज कर दिया।

नीलिमा और मलिका एक दूसरे के घर कभी नहीं गईं थी परन्तु सोसाइटी के क्लब हाउस में ही दोनों की मुलाकात होती थी।

सारिका मलिका को देख कर मन मे ही सोच रही थी कि 'ना जाने मेरे पति क्यों मेरे लिए कभी कुछ नहीं लाते, मलिका के पति हर त्योहार पर उसको उपहारों से लाद देते हैं।'

मलिका बोली 'और सारिका आज चलेगी माल शॉपिंग करने' सारिका बोली 'कहाँ ....आज ये आफिस से जल्दी आ कर मेरे लिए खाना बनायेंगे।'

दो घंटे बाद सारिका मन मसोस कर टेलीविज़न पर चाँद निकलने की न्यूज़ देख रही थी। उसके पति संयम ने हमेशा की तरह शॉपिंग के लिए मना कर दिया था और तन्मयता के साथ सारिका के लिए मनपसंद खाना

बना रहा था।

सारिका सोच रही थी 'ये कोई जीवन हैं कुँए के मेंढक जैसा'

उधर मलिका अकेलेपन में बैठी अपने उपहारों को निहार रही थी जो उसके पति ने परसों जाने से पहले उसे ला कर दिए थे। उसके पति के पास पैसा है पर प्यार के लिये समय नहीं है। वो सोच रही थी कि सारिका कितनी लकी है, उसके पति उसे कितना प्यार करते हैं। करवाचौथ का व्रत साथी के लिये रखा जाता है पर उसका साथी तो उससे कितना दूर है।

दोनों ही कस्तूरी की तरह अपने जीवन की सुगंध से अनजान ना जाने क्यों इधर उधर भटक रही हैं।

अनामिका अनूप तिवारी
(नोएडा)

स्वाभिमान

'शांता.. मेमसाहब की तबियत ठीक नहीं है, चाय के साथ दो बिस्किट दे कर ये दवाई दे देना, मैं ऑफिस जा रहा हूँ' गौरव ने कहा।

'जी साहब..मैं दे दूंगी, आप फ़िक्र ना करें' शांता ने कहा।

गौरव मेरे पति जिन्हें समाज़ के सामने मेरी फ़िक्र होती वहीं अकेले में मुझसे नफ़रत।

तीन साल पहले मैं सौंदर्य की देवी लगती थी आज वही रूप उन्हें विकृत लगता है..विवाह के कुछ समय पश्चात तक सब कुछ बहुत सुंदर था ना जाने ज़िन्दगी कब इतनी घृणित हो गयी, उसकी दी हुई शारीरिक पीड़ा की तहम्मुल उठाते उठाते मेरे आँसू सूख गए, चौबीस घंटे में आठ नौ घंटे मैं डरी सहमी रहती जाने किस बात पर गौरव मुझ पर नाराज़ हो जाए, उसकी एक आवाज़ पर मैं उसके समक्ष खड़ी हो जाती और वो मुझे ऐसी हालात में देख खुश रहता, अपनी मर्दानगी बिस्तर पर जानवर बन कर निकालता...मज़ाल है मैं उफ़्फ़ भी कर लूं, कल रात फिर उसका वहशी रूप, नोंचने खसोटने लगा। मैंने थोड़ा प्रतिकार क्या किया साइड टेबल पर रखा पीतल का वास मेरे कमर पर दे मारा, मैं दर्द से तड़प उठी, उसको अपने कृत्य का कोई मलाल नहीं था मेरे दर्द को अनदेखा कर खुद को तृप्त कर

कमरे से बाहर निकल गया, मैं निवस्त्र, शून्य, ज़ख्मी, पीड़ित पड़ी थी, ना उसे मेरी वेदना का अहसास था ना मुझसे प्रेम।

'मेमसाहब, चाय पी लो फ़िर ये दवाई खा लेना' शांता चाय- बिस्किट और दवा लेकर खड़ी थी।

'रख दे वहीं..पी लूंगी' मैंने कहा।

'मेमसाहब, बुरा ना मानो तो एक बात कहूँ, ये जो हर सुबह अपने दर्द को छिपाती हो, सब जानती हूँ, समझती हूँ, क्यों सहती हो ये सब, छोड़ दो साहब को' शांता को आज पहली बार क्रोध में देखा, वो कभी इधर उध ार की बातें नहीं करती, आती है और अपना निर्धारित कार्य कर के चली जाती है, उसका ये रूप मुझे अचंभित कर रहा था।

'मेमसाहब, अगर तुम्हें लगता है साहब आज नहीं तो कल बदल जाएँगे तो ऐसा कभी नहीं होगा ...वो ऐसे ही रहेंगे बस तुम्हें इसकी आदत हो जाएगी, अब तो गली मुहल्ले वाले भी ये किस्सा जानने लगे हैं' शांता के सहारे मैं कपड़े बदल रही थी और वो आज बोलना चाहती थी...बोल रही थी।

'पड़ोसियों के लिए मैं दया के पात्र हो गयी हूँ... है ना?' मेरी नज़र उसके चेहरे पर टिक गयी।

'नहीं मेमसाहब, दया नहीं आप सब के लिए मज़ाक का केंद्र हैं, सब यही कहते हैं कोई कुछ क्या बोले जब वो खुद मौन रहकर तीन साल से मार एवं गालियां खा रही है' शांता ने कहा।

'शांता, अपने माता पिता की असहमति को अनदेखा कर गौरव से मैंने प्रेम विवाह किया था जिसके कारण मेरे मायके वालों ने मुझसे रिश्ता तोड़ लिया, मैं प्रेम में पागल थी, झूठ को सच समझ अपनों से बैर कर लिया, यहाँ से गयी तो कहाँ जाऊँगी, अब तो जैसे भी हो निभाना तो पड़ेगा आखिरकार ये ज़िन्दगी, ये साथी मैंने खुद चुना है' मैंने गहरी सांस ली।

'एक बार बात करो, माँ बाप नाराज़ हो सकते हैं... अपनी औलाद से मुँह नहीं फेर सकते, ये लो मेरा फ़ोन, कोई नहीं है यहाँ... बात कर

लो' शांता ने अपना फ़ोन मेरे हाथों में थमाया।

मैंने कांपते हाथों से नंबर डायल किया..मन में डर था, कहीं नंबर गलत ना हो..तीन साल, एक लंबा अरसा हो गया।

'हेलो..कौन बोल रहा है? उधर से आवाज़ आई

माँ की आवाज़ है, अचानक मेरा हलक सूख गया, मेरी आवाज़ नहीं निकल रही थी।

'कौन है, किससे बात करनी है..हेलो'

'हेलो, मैं शांता बोल रही हूँ' मेरे हाथ से फ़ोन ले कर शांता कमरे से बाहर निकल गई।

मेरा मन व्याकुल हो उठा, वर्षों पश्चात आज माँ की आवाज़ सुन पीड़ामुक्त हो गयी थी।

'मेमसाहब, उठने की कोशिश करो..आप के माता पिता ने आपको वापस घर आने को कहा है वो लोग आठ बज़े की ट्रेन का टिकट करा कर मेरे फोन पर भेजेंगे तो ये फ़ोन रख लो और ये कुछ पैसे' शांता के आँखों में आंसू थे जिन्हें वो छुपाने की भरसक कोशिश कर रही थी।

'शांता, तुम्हारा ये अहसान मैं कैसे उतारूंगी' मैंने उसके हाथों को कस कर थाम लिया।

'कोई अहसान नहीं है, नई ज़िन्दगी शुरू करो, डरने वालों को लोग और डराते हैं, निर्भीक हो कर अपने बिखरे आत्मविश्वास को समेट कर आगे बढ़ो। आज शांता एक कामवाली नहीं देवी स्वरूपा लग रही थी।

शाम के छह बज़ गए, गौरव ऑफिस से आ गए थे।

'गौरव, मैं जा रही हूँ.. तुम्हारे साथ सपने लेकर आयी थी आज ज़ख्म लिए जा रही हूँ...सोचा था..तुम्हारे घर आने से पहले निकल जाऊँगी लेकिन मैं अपनी ज़िन्दगी का सबसे सही फैसला छुप कर नहीं लेना चाहती थी, मैंने तो तुमसे सच्चा प्रेम किया था तुमने बदले में ज़ख्म दे दिया..ज़ख्म नासूर ना बन जाए इससे पहले मुझे फ़ैसला लेना था, एक ही विनती है तुमसे,

फ़िर किसी लड़की की ज़िंदगी मेरे जैसी मत बनाना, याद रखना..अपने बुरे कृत्यों की परछाई सदैव साथ रहती है...जहन में...जो भुलाये नहीं भूलती एक ना एक दिन तुम्हें अहसास होगा...आज मैं ये फ़ैसला नहीं लेती तो मेरे साथ रह जाता एक..पछतावा, मुझे ज़िन्दगी गुज़ारनी है अपने शर्तों पर, अपनी ख्वाहिशों के लिए' गौरव सोफ़े पर जड़ बैठे थे और मैं बाहर निकल गयी..आज सार्थकता मिली मेरी ज़िन्दगी को भी और सपनों की भी...थैंक यू शांता।।

प्रिया श्रीवास्तव
(कोलकाता)

होली में

मिली थी तुमसे मेरे प्रियतम इसी फागुन की होली में..
तुम भरे थे रंग-अबीर से और मैं थी सादे लहंगा-चोली में,
तूने रंगा था मोहे रसिया चुनर हो गया लाल...
तेरे रंग में हुई बावरिया मुझे हो गया प्यार,
परिणय सूत्र में बंधे दीवाने सीता हो गई राम की
मैं तुम्हारी हुई थी ऐसे जैसे राधा श्याम की,
मैं तुम्हारी बनी सजन जी और तुम्हें देश से प्यार हुआ..
कश्मीर से आया बुलावा तू हुआ देश का यार,
तू लड़े लड़ाई दुश्मनों से वतन का फर्ज निभाने को...
क्यों मन ना करता कहो साजन जी होली में घर आने को,
किसे दिखाऊँ रंग इश्क़ का किससे करूँ लड़ाई मैं...
कौन करे इकरार मुहब्बत कैसे रात बिताऊँ मैं,
बिरहन बनी हूँ जोगन बनी हूँ याद तेरी बहुत सताती है..
आके रंग दो मोहे सांवरिया तेरी दुल्हन तुझे बुलाती है,
तुम देश रहना हरदम और मैं रहूँ सुहागन तेरी...
इस 'होली' घर को आजा फौजी ना कर तनिक भी देरी।

संतोष श्रीवास्तव
(भोपाल)

टिप्स लेना मना है

सर्व करते हुए लड़के की नज़रें गुलाब जामुन और समोसे की प्लेट पर थीं। 'सर चाय भी ले आऊँ?' 'अभी नहीं, यह खाने के बाद।' अमित ने गुलाबजामुन चम्मच से काटते हुए कहा। लड़का आनन-फानन दूसरे ग्राहकों की ओर मुड़ गया।

'तुमने लड़के की ओर देखा। उसकी आँखों में टेंप्टेशन था। नज़रें गड़ाए रहते हैं ये, तभी तो रेस्तरां का खाया हजम नहीं होता। 'पत्नी रमा ने कहा।

'गरीब है बेचारा। तभी तो यहाँ काम करता है। स्कूल जाने की उम्र है उसकी।'

अमित ने लड़के को इशारे से बुलाते हुए कहा' दो चाय। और हाँ, चार समोसे और चार गुलाब जामुन भी पैक कर लाओ।'

काउंटर पर बिल चुका कर अमित और रमा गाड़ी की ओर चल दिए। तभी लड़का छोड़ता आया-'सर आपका पार्सल वहीं छूट गया।'

ओ थैंक्यू, तुम्हें सेठ नहीं खिलाता यह सब।'

'नहीं सिर्फ पगार, कुछ टूट फूट जाए तो पगार में से काट लेता है।'

'क्यों करते हो यह काम? पढ़ाई क्यों नहीं करते? तुम्हारी तो पढ़ाई करने की उम्र है अभी?'

उसने अपनी आँखें रगड़ कर पोंछी।

'मेरी बहन अस्पताल में है। उसी के लिए यह नौकरी पकड़ी है। अगर बाबू होते तो यह सब नहीं करना पड़ता। वह लकवा से पीड़ित माँ और बहन के अस्पताल का और मेरी पढ़ाई का सब खर्चा उठाते, पर ......

'चलो अमित क्या पता इसकी कहानी में कितना दम है। नाहक टाइम वेस्ट करने से फायदा?'

रमा ने बेसब्र होकर कहा। अमित ने पार्सल जबरदस्ती लड़के के हाथ में थमाते हुए कहा-'गॉड ब्लेस यू, इसे रख लो हमारी तरफ से।'

'नहीं सर, मेरी ईमानदारी मत डिगाईए। ग्राहकों से टिप्स लेना मना है।'

स्नेह छाबड़ा
(दिल्ली)

नारी तुम केवल श्रद्धा ही नहीं.... ... शक्ति हो

इस धरती के सौन्दर्य का सबसे बड़ा स्वरूप नारी है ‘बात शक्ति की हो, प्रेयसी की हो या सांस्कृतिक विरासत हो या पाप मर्दन की तमाम चीज़ो का सानिध्य स्वरूप नारी से जुड़ा है ‘पौराणिक ग्रंथों में नारी को देवी तुल्य माना गया है और पूजनीय दृष्टि से देखा गया है। सीता, सावित्री, अनसुइया, गायत्री आदि अनगिनत नारियों ने अपनी योग्यता का परचम लहराया है।

अब सामाजिक परिस्थितियाँ बदली हैं और हम यह भी जानते हैं आज महिलायें कई क्षेत्रो मे पुरुषों से कंधे कन्धा मिला कर काम कर रही हैं।

महाकवि जय शंकर प्रसाद जी ने अपनी सुप्रसिद्ध रचना ‘लज्जा’ मे नारी को श्रद्धा कहा है उनकी पक्तियां है......

नारी तुम केवल श्रद्धा हो,
विश्वास रजत नग पगतल में,
पीयूष स्तोत्र सी बहा करो,
जीवन के सुन्दर समतल में,

प्राचीन युग से ही नारी का हमारे यहाँ विशेष स्थान रहा है।

पौराणिक समय से नारी को देवी तुल्य माना गया है और पूजनीय दृष्टि से देखा गया है।

परन्तु वो पूजनीय है अपने बल, अपनी सहनशीलता और कर्मठता के लिए। सच तो यह है कि पुरुषों से कहीं भी कमतर नहीं हैं नारी उसने कभी नहीं चाहा कि उसे देवी कहा जाए, उसने हमेशा ही पुरुषों की हमक़दम बनना चाहा हैं। नारी अब केवल श्रद्धा नहीं है और ना ही अब कोई नारी को बेचारी बना कर उसका शोषण कर सकता है।

आज की जुझारू महिला का व्यक्तित्व उसकी कार्य क्षमता मे झलकता हैं लेकिन इस बात को भी हम नाकार नहीं सकते कि आज भी उसे परीक्षा के दौर से गुजरना पड़ता हैं उसे कई अग्नि परीक्षा देनी पड़ती हैं। महिलाओं के उत्पीड़न की कई घटनाएँ जो अक्सर अपने आस पास देखते हैं मन को विचलित करती हैं।

पुरुष प्रधान समाज ने नारी को आगे बढ़ने को कभी भी खुले दिल से नहीं स्वीकारा परन्तु अपनी राहें खुद तय करने वाली महिलाओं ने अपना अलग ही मुक़ाम हासिल किया है।

नारी की उपलब्धियों को सम्मानित करने के लिए अंतरराष्ट्रीय महिला दिवस हर वर्ष ८ मार्च को मनाया जाता हैं। विश्व के विभिन्न क्षेत्रों महिलाओं के प्रति प्यार और सम्मान प्रकट करते हुऐ इस दिन को महिलाओं के आर्थिक, राजनितिक और सामाजिक उपलब्धियों को उत्सव की तरह मनाया जाता है। उनीसवीं सदी के आते आते महिलाओं ने अपनी जागरुकता दिखानी शुरू कर दी और अपने मताधिकार की मांग की। अपनी मंज़िले खुद तय करते हुऐ हर विपरीत परिस्थिति का सामना करते हुऐ आगे बढ़ने वाली महिलाओं को महिला दिवस पर सन्मानित करना बहुत ही गर्व की बात है और दूसरे लोगों को प्रोत्साहन मिलता है।

लेकिन इस सब के बाबजूद अभी भी महिलाओं के हित मे उनके विकास के लिए विभिन्न योजनाएँ बनानी चाहिए। अभी भी महिलाओं की सुरक्षा

एक बहुत बड़ा प्रश्न है। पुरुष प्रधान समाज को अपनी सोच बदली होगी। कहीं ना कहीं आज भी नारी को अबला समझा जाता है। पर नारी अबला नहीं शक्ति है। उसमे अगर सब सहने की शक्ति है तो विपरीत परिस्थितयों में लड़ने की ताकत भी है।

विभिन्न कार्य क्षेत्रों मे आगे रहने और खुद को साबित करने वाली महिलाओं को सलाम। जब जब नारी को सम्मान मिलता है सर गर्व से ऊँचा हो जाता है।

अपर्णा गुप्ता
(लखनऊ)

'भूख'

रोज की तरह आज भी रिक्शा सवारियों से मिले पैसों की शराब पीकर गिरता पड़ता नदीम झोपड़ी में सलमा को ना देख पगला सा गया।

गुस्से में आगबबूला होकर बाहर रिक्शा पर बैठ कर ही उसका इंतजार करने लगा।

मन मन में ही सोच रहा था कि ये कहाँ जाती है रोज...

आज सही बताऊँगा......।

तभी सलमा सामने से आती हुई दिखी तो तुरन्त कूद कर उसको मारने को छोड़ा।

'अरी बेसरम कंहा से आ रहिन है, रोज देख रहा हूँ तेरे रंग ढंग ..... जब से मुन्ना नहीं रहा ......घरैन में टिकती ही नहीं......कंहा से लाई ये सब'.....। सलमा के हाथों में कुछ खाने पीने के समान को देखकर दहाड़ा......।

सलमा ने उसके वार से बचकर दूर छिटकते हुए कहा......।

'काहे चिल्लावत है नसेढ़ी....।

घरैन में एक दाना नहीं खावै को जो कुछ पाता है नसे में उड़ा देत है का हमका भूख नहीं लगत है ....। जब से मुन्ना मरा दूध पानी सा बहत है....।

उहा अनाथालन में बच्चन को दूध पिलावै का पईसा मिलत है.....वही गई रही मरवै खातिर.........।

‘अरी कमबख़्त हिन्दु अनाथालय ही मिला तुझे ‘जोर से दहाड़ा नदीम ...

‘भूख हिन्दु मुसलमान ना होत है, ना दूध ....तुमका का मालूम बहता दूध बच्चन की भूख मिटा गवा’ ....आंख में आंसू भरकर सलमा हाथ में लाये झोले को खोलने लगी थी।

अंकिता भार्गव

नाद टूटते सपने का

'हाइ ब्यूटीफुल! क्या कर रही हो?' रूद्र का मैसेज नव्या के होठों पर एक मीठी सी मुस्कान ले आया। 'नहा कर आई हूँ और अब धूप में बाल सुखाने जा रही हूँ।' उसने टाइप किया।

'तब तो निश्चित रूप से इस वक्त तुम बहुत खूबसूरत लग रही हो मैं तुम्हें देखना चाहता हूँ, मैं वीडियो कॉल करता हूँ। इतना समय हो गया हमारी दोस्ती हुए अब तो तुम मुझ पर विश्वास कर सकती हो' रूद्र का जवाब आया और कुछ सैकेंड के बाद वीडियो कॉल भी। नव्या ने मुस्कुराते हुए कॉल ले लिया।

रूद्र कुछ देर तक उसे विस्मित सा निहारता रहा फिर बोला 'तुम... तुम सच में बहुत प्यारी हो नव्या! मेरी सभी दोस्तों में सबसे अलग, सबसे प्यारी। तुमसे दोस्ती करके मुझे बहुत खुशी हो रही है। मैं तुमसे बहुत सारी बातें करूँगा पर अभी मुझे कॉलेज जाना है। मैं...मैं तुम्हें शाम को कॉल करता हूँ।'

कॉल डिस्कनेक्ट होने के बाद नव्या खुल कर हंस दी। उसने एक नज़र अपनी व्हील चेयर पर डाली। वह जानती थी अब रूद्र का कॉल कभी नहीं आएगा।

डॉ. अपर्णा मिश्रा

चंदा

'अरे कहा मर गई, चंदा जल्दी कर।'

'जल्दी जल्दी हाथ चला भाई, चाय नाश्ता लगा दे टेबल पे, साहब का ऑफ़िस का समय हो गया है।'

'बस अभी आई दीदी।' रसोई से ही चंदा ने आवाज लगायी और अपने काम मे जुट गई।

ये शिल्पा मेहरा के घर का रोज का सीन है, सुबह साढे आठ से नौ के बीच इनके घर इसी तरह का तूफान मचा रहता है।

शिल्पा के पति मिस्टर मेहरा के ऑफिस निकलने के बाद शिल्पा और उनका बेटा नाश्ता करते हैं और फिर चंदा। इधर कुछ दिनों से शिल्पा रोज नाश्ते के बाद अपने बेटे को बैठा के कुछ ना कुछ पढ़ाती रहती हैं। अभी तक उनका बाल गोपाल उनकी कॉलोनी के ही किंडरगार्टन मे पढ़ता आया था, अब तीसरी कक्षा के लिये, उसे शहर के सबसे महंगे और बड़े स्कूल मे भर्ती कराने की रोज ही कवायद की जा रही है।

सेंट स्टीफेंस वहाँ का सबसे बड़ा और शानदार कॉन्वेन्ट है, जहां भर्ती की अनिवार्य शर्त है, वहाँ के कड़े इम्तिहान मे पास होना। स्कूल महंगा भी है पर अगर कोई विद्यार्थी उनके पर्चे मे पूरे नंबर ले आये तो उसकी पूरी

पढ़ाई स्कूल की तरफ से मुफ्त होती है।

'शिल्पा यार मत सोच वहाँ का, ऐसा जब्बर पेपर होता है की कोई बिरला ही निकाल पाता है, मेरी तनु तो देखा ही है तूने कितनी होशियार है, कहाँ क्लीयर कर पायी।'

'हाँ अनिता, बात तो सही है तेरी। एक बार मैं भी प्रयास कर ही लेती हूँ, वर्ना तेरी तनु के साथ के वी मे ही डाल दूंगी।

'ये क्या बात हुई, उसकी तनु का नहीं हुआ तो क्या विहान का भी नहीं होगा, मेरा तो दिमाग खराब हो गया उसकी बात सुन कर, अब तो ऐसे तैय्यारी कराऊँगी की मेरा बच्चा फर्स्ट आयेगा, देख लेना।'

'हाँ, बाबा करा लो तैय्यारी, इतना क्यों कुढ़ रही हो तुम्हारी ही प्रिय सखी हैं अनिता जी।'

और विवेक ज़ोर से हंस पड़ा पर शिल्पा का दिमाग अलग ही उधेड़बुन मे उलझा था।

बस दूसरे दिन से ही युद्धस्तर पर तैय्यारियाँ शुरु हो गई, नौ साल के बच्चे पर हर तरह का अत्याचार हुआ। १५ तक की टेबल, हिन्दी मे गाय पे निबंध, सामान्य ज्ञान में सारा जो कुछ शिल्पा को पता था सब रटवाया गया, अंग्रेजी तो पूछो मत, क्या क्या नहीं पढ़ाया, गनीमत रही टॉलस्टॉय तक नहीं पहुँची शिल्पा।

दस दिन बाद एक छोटा मोटा सा पेपर बना के विवान को पकड़ा दिया, 'बेटा देखो सिर्फ एक घन्टे में ये पेपर बना के दे दो, इसमे पास तो कल का एग्ज़ाम भी पास कर लोगे।'

शिल्पा अनिता से फ़ोन पे लग गई, एक घंटा पलक झपक के बीत गया।

'मम्मा लो मैंने पेपर कर लिया।'

मम्मा ने पेपर देखा और बेटे को गले लगा लिया, आंखों मे खुशी के आंसू आ गये, पर आंसू देख विवान पिघल गया।

'मम्मा पेपर मैंने नहीं चंदा ने बनाया है, आप बात कर रहीं थी, तो

मैं शिन चेन देखने लगा, मम्मा सॉरी' शिल्पा ने चन्दा को देखा, चन्दा ने अपनी मालिकन को।

'चांद तुझे कैसे ये सब आ गया, तू तो कभी स्कूल गई ही नहीं।'

'तो क्या हुआ दीदी, आपको विवान भईय्या को पढ़ाते तो देखते थे ना, बस सीखते गये।'

'अरे पर तू तो बड़े अच्छे से लिख लेती है, अच्छा ७ का टेबल सुना।'

चंदा ने सुना दिया, उसके पीछे ६ का फिर १३ का और आखिर में १५ का भी सुना दिया।

शिल्पा का कुछ देर पहले का चन्दा पर का गुस्सा उड़न छू हो गया। मुस्कुराते हुए उसने एक निर्णय ले लिया।

दूसरे दिन शिल्पा विवान और चंदा दोनों बच्चों को इम्तिहान दिलाने ले गई।

दो दिन बाद ही रिजल्ट भी आ गया, अनिता रिजल्ट जानने को सबसे ज्यादा उत्सुक थी, छोड़ी छोड़ी आई।

'क्या हुआ शिल्पा, हुआ कुछ विवान का।'

'हाँ अनिता तेरी बात ही सही निकली यार, पेपर वाकई जब्बर था। विवान को तो अब के वी ही डालूंगी पर।'

'पर क्या शिल्पा बोल ना'

'पर ये कि चंदा का सेंट स्टीफेंस मे चयन हो गया है, और वो भी प्रथम स्थान के साथ, विवान से एक साल ही तो बड़ी है, उसका एडमिशन मैंने वहाँ करा दिया। साल भर की सारी फीस भी भर आई और उसकी माँ को बता भी दिया की अब चंदा स्कूल जायेगी, काम नहीं करेगी।'

अनिता भी मुस्कुरा उठी 'शिल्पा यार अब तेरे घर चाय कौन बनाएगा।' 'चंदा की अम्मा' हँसते हुए शिल्पा चाय बनाने रसोई मे चली गई।

सुनीता मिश्रा

गुनहगार

'मम्मी, मैं अब यहाँ नहीं रह सकती। मम्मीजी-पापाजी आये दिन ताने मारते हैं। कल ही कह रहे थे-'हमने तो अपनी बेटी की शादी में उसके ससुराल के रिश्तेदारों को सोने की चेन दी थी। -एक तुम्हारे यहाँ?

-अनुज ने जाने क्या देखा।

-और अब तो अनुज भी उन लोगों का साथ देने लगे हैं।'

'बेटा, अब तुम्हें ही निभाना है। धीरे-धीरे सब ठीक हो जाएगा।'

'नहीं मम्मी, मैं घर आ रही हूँ।'

'ऐसा गज़ब न कर बेटा। वो फिर भी तेरे पति का घर है। यहाँ तो भाई-भाभी हैं। मायके में लड़कियाँ दो चार दिन ही अच्छी लगती हैं।'

'माँ, फोन पर दीदी हैं क्या? कह दिजीये उनसे-'बहू का स्वर था।

'हाँ बहू, मैं उसे समझा रही हूँ।'

'लाइये आप फोन मुझे दें।'

'दीदी आप बेधड़क यहाँ आ जाइये। ये घर जितना आपके भाई का है, उतना ही आपका। जुल्म करने वाले से ज्यादा जुल्म सहने वाला गुनहगार होता है।'

पूनम कतरियार

तुम

दीये की जोत जो हो तुम
सनेह का धृत मेरा है।
सुवासित हवन-धूप-सा
मेरे रोम में बसे हो तुम।
जीवन यह ढोल है मेरा
तेरे थापों बिना सूना।
जो तुम्हारी धूप पड़ती है
तभी होता मेरा वादन।
मेरी पूजा, मेरा अर्चन
मेरा वंदन, मेरा गायन
भजन की लय तुमसे है
सांसों की लय तुमसे है।
मूंदे-नैनों की कामना हो
अधर की अस्फुट-प्रार्थना हो
जीवन मंदिर के दीप तुम मेरे
उपासना भी, आराधना भी।

माया

वक्त की झुर्रियां

वक्त के थपेड़ों से पड़ी ये झुर्रियां
सार है सम्पूर्ण जीवन का
कहती है कहानियाँ अनगिनत
सुनाती है किस्से अनुभवों के
काँपते हाथ-जिसने मेहंदी के रंग के साथ
संभाला था कभी परिवार की जिम्मेदारियां
आज भी झुके कन्धों पर हैं भार कई
थरथराते पाँवों के नीचे अब भी पड़ीं हैं
कुचली हुई इच्छाएं कई
ढलती साँझ के पड़ाव में
सूरज की किरणें धीमी हो चली
माथे की सिकन उभार रहीं हैं चिंताएं
चिंताएं, अपने बच्चों के लिये
मैली, फटी साड़ियां
कह जाती है चुपके से
अपनी आवश्यकताओं को
छिपाने की आदत

उम्र गुजर गई
बिखरी तमन्नाओं को
बुहार कर समेटने में
रह-रह कर पलटतीं हैं
जीवन पाती के पन्नों को

चुनतीं हैं जीवन के लाखों पलों से
बुरे पलों को और फेंक देती हैं
जैसे सुपे में रखे चावल से
चुन लिए हो कंकण सारे
अब रह गया शेष जिसमें
वक्त की छन्नी से छना हुआ
विशुद्ध अनुभव और स्मरण...

टीनू सुमन
कोटा (राजस्थान)

दाग

'सच में कितनी पागल थी मैं, कहाँ मैं सोचती थी सुंदरता ही सब कुछ है। मेरी एक मुस्कान पर कितने ही फिदा हो जाते हैं, जो कुछ है मेरे पास वही तो हकीकत है।

पर नहीं।

शुक्रिया तुम्हारा, तुमने मुझे हकीकत से रूबरू करवाया।

पहले कोसती थी तुम्हें मेरी इस हालत के लिए, मगर! अब नहीं,

अब खुद से मिलती हूँ, खुद के लिए करती हूँ, पहले से अधिक मुझे अपनी काबिलियत पर भरोसा है। अब खुद से बातें करती हूँ खुद के दिल की सुनती हूँ।

तुम्हारे द्वारा मुझ पर फेंका गया तेजाब, सिर्फ त्वचा और कुछ हड्डियों को जलाने में कामयाब हुआ, मगर मेरे इरादों को, मेरे आत्मविश्वास को, मेरे मन की सुंदरता को कहीं गुना अधिक बढ़ा दिया उसने।

हाए! तुम्हारी किस्मत, तुम कामयाब नहीं हुए अपने इरादों में, मुझे तोड़ नहीं सके।

बल्कि मैं तो और मजबूत बन कर उभरी हूँ।

अब तुम कोसोगे! अपने आपको, दिन-रात, तिल-तिल, और तुम्हें पता है, तुम्हारी जगह अब मैं मुस्कुराऊँगी, खुलकर, बिंदास,

क्योंकि! मेरी कोई गलती नहीं थी,

गुनाह तुम्हारा था।।

जया वैष्णव

मेरी ख़्वाहिश

मेरी इतनी ख़्वाहिश बाबा
मुझे मेरे सपनों में जी लेने दो
एक बार आसमां में मुझे
तितली बन उड़ लेने दो
बहुत से सपने देखे मैंने
बहुत से अरमान है इस दिल में
अपने मन की कर लेने दो
मुझे मेरे सपनों में जी लेने दो

बहुत कुछ करना है मुझको
आहे बढ़ते रहना है मुझको
एक बार अकेली चल लेने दो
बचपन से जीना सिखाया आपने
जीवन का मतलब बताया आपने
मुझे जितना सिखाया आपने
एक बार मुझे अपनी शर्तों पर
जी लेने दो बाबा
अपने मन की कर लेने दो
मुझे मेरे सपनों में जी लेने दो

रीता सिंह
(बैंगलोर)

भेदभाव

सुमन और मनोज के रिया और तुषार दो बच्चे थे। छोटा सा परिवार था। खुशियाँ ही खुशियाँ थी। सुमन और मनोज बहुत ही अमीर थे इतने अमीर कि मध्यम वर्गीय लोगों से बात भी करना उचित नहीं समझते थे। पर सिर्फ पैसा होना ही सब कुछ नहीं होता अगर अच्छे संस्कार नहीं है। अच्छे संस्कार हमारे परिवार को हमारे समाज को ऊँचा उठाते हैं। सुमन और मनोज रिया और तुषार में भेदभाव करते थे। दोनों पति पत्नी का ये मानना था कि बुढ़ापे में रहना तो बेटे के साथ ही है इसलिए उसको हर हाल में खुश रखना है। बस यही विचार उनके परिवार को अंदर तक खा गया। रिया को बहुत बुरा लगता था जब तुषार के हर काम के लिये उसके पढ़ते से उठाया जाता था। वो कुछ कहती तो उसकी डांट पड़ती। और धीरे धीरे उसे अपने भाई से नफ़रत होने लगी। वो अपनी माँ को खुश करने की बहुत कोशिश करती पर उसकी माँ हर बार उसकी तारीफ करने के बजाय तुषार की ही तारीफ करती। उसके पिता भी कुछ नहीं कहते थे। धीरे धीरे उसके मन में अपनी माँ बाप के प्रति भी नफरत पलने लगी। धीरे धीरे समय बीतता गया। वो अब डॉ बन चुकी थी और उसकी शादी एक डॉ से हो गई वो अपनी ससुराल चली गई। तुषार बहुत जिद्दी हो गया था।

वो अपनी जिद मनवाने के लिये अपनी सुमन और मनोज से खूब लड़ लेता था। यदि मनोज कुछ कहता तो सुमन भी मनोज से लड़ लेती थी। उधर रिया अपनी शादी शुदा जिन्दगी में बहुत खुश थी। वो अपने मायके फ़ोन भी नहीं करती थी। शादी को ३ साल बीत गए थे तभी एक दिन उसके पिता जी का फोन आया। रिया ने फोन उठाया-'हलो' रिया बोली

'बेटी तुम्हारी माँ की तबीयत बहुत खराब है तुम जल्दी घर आ जाओ 'उधर से उसके पिता ने कहा।

'क्या हुआ माँ को? और तुषार कहाँ है?' रिया ने पूछा।

'बेटे तुम घर आ जाओ फिर बताते हैं।' कह कर उसके पिता ने फोन काट दिया।

वो तुरंत अपने पति के साथ अपने मायके पहुंची। देखा उसकी माँ बिस्तर पर लेटी थी।

'क्या हुआ माँ' रिया ने माँ को देखते ही पूछा।

'तुषार ने ये मकान धोखे से अपने नाम करवा लिया और हमारा बैंक भी खाली कर दिया। अब हमारे पास कुछ नहीं बचा बेटी 'मनोज ने रुंधे गले से बताया।

'पर माँ की इतनी तबीयत खराब है। उसको माँ के पास होना चाहिये।' रिया बोली।

'बेटी, उसको किसी की फ़िक्र नहीं है। उसको फोन कर के बताया था उसने आने से मना कर दिया।' मनोज ने बताया।

'बेटा मुझे माफ कर दे, हमने हमेशा उसको ज्यादा प्यार किया। तुम दोनों में भेदभाव किया।' सुमन रोते हुए बोली।

'माँ आप ये सब मत सोचो, आप मेरी माँ हो और हमेशा रहोगी।' कहते हुए रिया भी अपनी माँ के गले लग कर रोने लगी। आज माँ की ऐसी हालात उससे देखी नहीं जा रही थी। वो सुमन को अपने घर ले आई और

उसकी खूब देखभाल की। जल्दी ही सुमन स्वस्थ हो गई। सुमन और मनोज अपनी बेटी रिया के साथ बहुत खुश रहने लगे पर एक बात का उनको हमेशा मलाल रहता था कि उन्होंने क्यूँ बेटा और बेटी में भेदभाव किया। क्यूँ रिया के हिस्से का प्यार उसको नहीं दिया। बेटा ही हमेशा हमारा ख्याल रखेगा ऐसा सोचना गलत है। बेटा और बेटी दोनों ही बराबर हैं। दोनों को एक जैसा ही प्यार करना चाहिये। और ये मलाल उनको सारी जिन्दगी रहेगा।

लक्ष्मी मित्तल

(लघुकथा)

'बावली की खुशी'

"डाइट कैसी है?"

"जी, अच्छी है।"

"काम कर लेती है?"

"जी बिलकुल, सभी के सब कार्य समय पर.. कोई शिकायत नहीं।"

"घूमना-फिरना, दोस्तों से मिलना?"

"घूमने का ज़्यादा शौक़ नहीं है, दोस्त भी ख़ास नहीं हैं।"

"कुछ तो शौक़ होंगे! सिलाई, कढ़ाई वग़ैरह..?"

"जी नहीं.. शादी होकर आयी थी तब फ़ालतू की किताबें उठा कर बैठ जाती थी..घंटों कागज़-पैन से बतियाती रहती ...मैंने तो घर से उन सभी व्यर्थ की चीज़ों का सफ़ाया ही कर दिया कि कहीं खुद में रहते-रहते वह बावली न हो जाए।"

डॉक्टर सुनयना, पुरुष की बातों से स्तब्ध थी और वह पुरुष, अभी भी एक ही प्रश्न पर अटका हुआ था, "डॉक्टर, कृपया बताइए न.. मेरी पत्नी खुश क्यूँ नहीं रहती?"

भावना ठाकर
(बेंगलोर)

एक ख़्वाब

एक अकेली सी शाम को मेरे एहसासों ने दिल की बज़्म से सर उठाया मेरे मन की गठरी में दबे स्पंदन की कहानी मेरी जुबानी।

६:३० बज गए वो आते ही होंगे

मैंने बाल ठीक किए

कमर से लिपटा साड़ी का पल्लू खोल दिया

डोरबेल बजी वो आ गए

उनकी आँखों में ख़ुद को देखना चाहती हूँ

उनके होठों पर हमेशा मैं गुनगुनाती हूँ..!

उनके दहलीज़ पर कदम रखते ही मेरा दरवाज़ा खोलना

मैं देखना चाहती हूँ

मेरे सत्कार से उनकी मौजूदगी से बिखेरते हुए घर में पति के स्वाभिमान को..!

उनका हाय मैडम कैसी है इस घर की रानी कहकर सोफे पर पसर जाना

मेरे हाथ से चाय का प्याला टेबल पर रख कर

मेरी आँखों में डूब जाना उफ्फ़..!

घड़ी में देखकर मेरा मुँह फुलाकर कहना पूरे दस मिनट लेट हो जनाब उन पर आधिपत्य जताकर देखना चाहती हूँ उनकी अठखेलियां, मुझे अपने करीब खींचकर मेरी उलझी लटें सुलझाते आँखों में आँखें डालकर सौरी बोलना..!

खाने के टेबल पर अपने हाथों से पहला कौर प्यार से मुझे खिलाना

उनकी इस परवाह पे मेरा इतराना खाने के बाद उनका मेरे हाथों को चूमना आह क्या जादू है इन हाथों में कहकर गले लगाना..!

शयनकक्ष में गर्माते बिस्तर पर मेरी चूड़ियों से खेलना मेरी पलकों पर उनके लबों की सरगोशियों के जवाब में मेरा उन पर बरसना..!

रात के रतजगे का कहर ढ़ोती सुबह उनकी बोझिल पलकों पर मेरे सुगंधित गीले बालों से मेरा खेलना ओर उनका कमर से मुझे अपनी ओर खिंचना मेरे दिन की हसीन शुरुआत है..!

उनके आफिस जाते वक्त कोट के बटन अपने हाथों से बंद कर के मेरा बोलना तुम मेरे हो इस दायरे से न तुम बाहर निकलना ना ही किसी को अंदर आने की इजाज़त देना..!

उनके आसपास मेरे जीवन की नैया चले

कमर में पल्लू लपेटती

पति के इशारों पर थिरकती मैं

बस एक उनके दिल तक पहुँचने का रास्ता जानूँ..!

क्या कुछ ज्यादा सोच लिया मैंने?

होता होगा ना एक संसार ऐसा भी,

साथ जीने की कसमे खाने वाले दो लोगों का..!

ये मेरी कल्पना में बसा संसार है, मेरी भावनाओं से अंजान वो अपने आप में मशगूल बिस्तर के उस छोर पर मेरे एहसासों से अन्जान खर्राटे लेते एक सुस्त आम सी ज़िंदगी ढो रहे होते हैं।

उनकी नज़रों में मैं घर के अन्य सामान बराबर हूँ !

कट ही रही है ज़िंदगी कोई गम नहीं,

वो अपने जहाँ में खुश है, मैं मेरे सपनों के जहाँ में, एसी भी तो होती है ना एक ज़िंदगी।।

गीता गुप्ता 'मन'
(बेंगलोर)

फिर से है टूटा एक तारा

फिर से है टूटा एक तारा
निस्सीम् वृहद् फैले अम्बर पर
सीधी सी एक रेखा बनकर,

लुप्त हो जाता है कहीं....
चमकता एक सितारा
फिर से है टूटा एक तारा।।

क्या शोक करूँ क्या रुदन करूँ,
या अश्रु बहाकर क्रंदन करूँ
प्रकृति का ये खेल अजब,

क्षण भर में होता अंत हमारा।
फिर से है टूटा एक तारा।।
यह अक्षमता या पराधीनता
क्रूरकृत्य या निर्बलता,

मिट रहा कोई, है देख रहा
बेबस है तारक दल सारा

फिर से है टूटा एक तारा।।
फिर से है टूटा एक तारा।।।

पूर्णिमा शर्मा
मुरादाबाद (उत्तर प्रदेश)

बदलते रिश्ते

३०० किलोमीटर का रास्ता आज हज़ारों किलोमीटर का लगा इना को। बरसात ने रास्ते की दुश्वारियां बढ़ा दी थीं। भाई के पूरे होने की खबर रिश्तेदारों तक पहुँच चुकी थी और मातमपुर्सी के फोन आने शुरू हो गए थे। इना ने फोन अपने पति रमेश को पकड़ा दिया, वो बात करने की स्थिति में थी ही नहीं।

घर का दरवाज़ा चौपट खुला था, उसे बंद करने वाले की साँसे बंद हो चुकी थीं। आज हुलस कर स्वागत करने वाला, अब तक की अपने परिवार की सारी ख़बरें देने वाला कोई नहीं था।

लड़खड़ाते कदमों से सीढ़ियां चढ़ बैठक में पहुंची, बर्फ की सिल्ली पर भाई के शरीर को शांति की नींद सोते देख, अब तक की रोकी रुलाई बांध तोड़ बहने लगी। भाभी सिरहाने बैठी पत्थर हो चुकी थी। इना भाभी के समीप जाती तब तक उसके लिए भीतर के कमरे से बुलावा आ गया।

कमरे में भाभी के भाई और इना के बड़े भाई में बहस चल रही थी कि मुखाग्नि कौन दे, क्योंकि मुखाग्नि देने वाले की शुद्धि के लिए कपड़े आदि का बंदोबस्त जल्दी ही करना था।

‘आजकल लड़कियां भी पुत्रीधर्म समझ मुखाग्नि दे रही हैं तो बिट्टी (भाई की दस वर्षीया पुत्री) का ही हक बनता है ‘ये इना और मृत के बड़े भाई का शुष्क स्वर था।

‘जहाँ कोई पुरुष नहीं होगा वहां देती होगी मुखाग्नि, लेकिन हमारे यहाँ लड़कियां शमशान नहीं जातीं। आप बिट्टी की उम्र तो देखिये, वो वैसे ही क्या कम दुखी है?’ भाभी के भाई का स्वर आवेश लिए था।

पांच मिनट के सन्नाटे में दसियों बातें, किस्से, माँ-बाजी की सेवा, बहनों के सुख दुःख में आगे बढ़कर साथ देना इना के मन मस्तिष्क को झिंझोड़ने लगा। उसने एक अनुनयभरी नज़र पति की तरफ डाली जो अभी तक चुप थे, अब उन्होंने चुप्पी तोड़ते हुए भाभी के भाई से कहा,‘भैया आप मेरे नाप के कपड़े मंगवा दीजिये।

रेखा मोहन

तुलसी-रत्नावली

ऐसा मानना महाकाव्य रामायण' के रचयिता तुलसीदास जन्म के बाद रोये नहीं थे बल्कि राम शब्द बोला था। उनका नाम रामबोला हो गया। उनके जीवन में बहुत अनिष्ट हुये जन्म के दूसरे दिन माँ मर गई। पिता ने चुनियाँ दासी को सौंप दिया जब रामबोला साढ़े पाँच वर्ष का हुआ तो चुनियाँ भी नहीं रही। वह गली-गली भटकता हुआ अनाथों की तरह जीवन जीने को विवश हो गया। रामशैल पर रहनेवाले नरहरि बाबा ने इस रामबोला के नाम से बहुचर्चित हो चुके इस बालक को ढूँढा और विधिवत उसका नाम तुलसीराम रखा। वहाँ राम-मन्त्र की दीक्षा दी। बालक रामबोला की बुद्धि बड़ी प्रखर थी। वह एक ही बार में गुरु-मुख से जो सुन लेता, उसे वह कंठस्थ हो जाता। विदुषी रत्नावली का पाणिग्रहण सत्र तुलसीदास जी के साथ हुआ। जब रत्नावली मात्र २७ वर्ष की ही थी, तब तुलसीदास जी इनसे विरक्त होकर सोरों शूकरक्षेत्र त्यागकर चले गए। रत्नावली में सुमिरन व समर्पण बहुत था। तुलसीदास घर छोड़कर विरागी बने और रत्नावली घर में रहकर अनुरागी बनी रहीं। तुलसी बताई महिमा संत मोरारी बापू ने तुलसी के घाट की महिमा बताते हुए कहा, "तुलसी दास संत हैं और साहित्य उनका पहलू। रामायण की अमर प्रणेता रत्नावली समस्त पृथ्वी की रत्न हैं। "दोनों का सरल जीवन चल रहा था। तुलसीदास रत्नावली को बहुत प्रेम करते उनके सानिध्य से

दूर नहीं रहना चाहते थे, इसीलिए रत्नावली के भाई उनकों गौने तक पीहर ले गए। तब उनका वियोग तुलसीदास जी के लिये असहनीय हो गया था। एक दिन रात को वे अपने को रोक नहीं पाये। आव देखा न ताव घनघोर अंधेरी रात में व धुंआधार चलती बरसात में ही एक लाश को लकड़ी का लट्ठा समझ कर उफनती यमुना नदी तैरकर पार कर गये और रत्नावली के गांव पहुंच गये। वहां रत्नावली के मायके के घर के पास पेड़ पर लटके सांप को रस्सी समझ कर पर चढ़ गये और उसके कमरे में पहुंच गये। इस पर रत्नावली ने उन्हें बहुत धिक्कारा और भाव भरे मार्मिक लहजे में स्वरचित सुनाया- 'मेरे इस हाड़ मांस के शरीर के प्रति जितनी तुम्हारी आसक्ति है, उसकी आधी भी अगर प्रभु से होती तो तुम्हारा जीवन संवर गया होता।' सुनकर तुलसीदास जी सन्न रह गये।

उनके हृदय में यह बात गहरे तक उतर गयी और उनके ज्ञान चक्षु खुल गये। उनको अपनी मूर्खता का एहसास हो गया। वे एक क्षण भी रुके बिना वहां से चल दिये। और उनका हृदय परिवर्तन हो गया। इन्हीं शब्दों की शक्ति ने तुलसीराम को महान गोस्वामी तुलसीदास जी बना दिया। गोस्वामी तुलसीदास के जीवन के बारे में सभी जानते हैं, लेकिन उनकी पत्नी रत्नावली के विषय कम ही बताया गया है। उनका वर्णन शास्त्रों एक निपुण नारी और दीन-दुखियों की मदद करने वाली समाज सेविका के रूप में है। तुलसीदास को पत्नी रत्नावली की प्रेरणा और खुद के संयम से ही श्रीराम को मिले थे। अगर दोनों की तुलना की जाए तो रत्नावली जैसी महान विभूति का पलड़ा भारी ही होगा।

आज की पीढ़ी की सोच और दृढ़ता शिक्षा भरी रत्नों की माला; मोतियों की माला रत्नावली।

मनोरमा जैन 'पाखी'

रत्नावली

रत्नावली, हिन्दी साहित्य में इनका कोई सृजन नहीं परंतु फिर भी साहित्यजगत में इनका अमूल्य योगदान भुलाया नहीं जा सकता। आपका जन्म संवत् १५७७ विक्रमी में श्रावण शुक्ल सप्तमी को जनपद कासगंज के सोरों शूकरक्षेत्र अन्तर्वेदी भागीरथी गंगा के पश्चिमी तट स्थित बदरिया गाँव में पं. दीनबंधू पाठक के आँगन व माँ दयावती की कोख से हुआ। बदरिया को बदरिका भी कहते हैं।

आप बहुत विदुषी, योग्य, नारी गुणों से संपन्न थी। मात्र १२-१३ साल की वय में शादी और १६ साल में गौना सोरों शूकर क्षेत्र निवासी पं. आत्माराम शुक्ल के पुत्र तुलसी से संवत् १५८६ में संपन्न हुआ था। पतिव्रत धर्म का पालन करते हुये निपुणता से गृहस्थी कि संचालन करने लगी थी।

एक बार सावन मास में भाई के साथ मायके गयी। ६ माह का पुत्र तारक साथ में था तुलसी पत्नी मोह में इतने व्यग्र हुये कि उसी रात बरसते पानी में भीगते हुये ससुराल पहुँचे। रात्रि व बरसात होने के कारण घर का दरवाजा बंद था। तभी बिजली चमकी और तुलसी को घर से एक रस्सी लटकती दिखी। उसी के सहारे वह घर में पर पहुँचे। रत्ना की भाभी ने दरवाजा खोला तो तुलसी की हालत देख हँस पड़ी और ननद रत्ना को देख

मजाक करने लगी। जो रत्ना को उचित न लगा। पति की इस व्यग्रता से उनको शर्म महसूस हुई। जब तुलसी ने रस्सी की बात बताई तो छज्जे पर जाकर देखा। वहाँ एक लंबा चौड़ा साँप बारिश के कारण घर की दीवार पर चढ़ आया था। रत्ना यह देख हतप्रभ रह गयी कि साँप और रस्सी में तुलसी को फर्क ही महसूस न हुआ। मानिनी नारी पति के इस कृत्य से क्षुब्ध हुई। नाराजगी में ही कोयले की अँगीठी सुलगा कर उनके सामने हाथ पाँव सेंकने को रख दी। भाई के सूखे कपड़े भाभी दे गयी। पं. दीनबंधू ने जमाता के आने का समाचार सुन कुशल क्षेम पूछते हुये बारिश में आने का कारण पूछा। तब तुलसी ने बात बनाई कि पास में ही आया था और लौटते में देर हो गयी व बारिश होने से यहाँ रुकना उचित लगा।

सुबह तुलसी जाने लगे तो रत्ना ने उलाहना दिया कि माँस हड्डी युक्त देह से इतनी प्रीत है, अगर भगवान से लगाई होती तो भवसागर पार हो जाते। उस समय तुलसीदास रामचरित मानस की रचना प्रारंभ कर चुके थे। जिसमें शुरूआती प्रसंग लिखे जा चुके थे।

रत्नावली ने मात्र १०२ दोहे व सात पद ही लिखे जो अत्यंत उच्च कोटि के थे। रत्ना की बात तुलसी को इतना खटकी कि वह व्यथित हो गये। और पूर्ण रूप से स्वयं को राम भक्ति में समर्पित कर दिया। पत्नी के प्रति निष्ठुरता बढ़ती गयी और मानस में मार्मिकता आती गयी। घर त्याग कर चित्रकूट चले गये। पुत्र तारक की बीमारी और मृत्यु भी उन्हें विचलित न कर सकी।

पति प्रेम से उपजी पीड़ा और पुत्र वियोग ने रत्ना को अंदर से तोड़ दिया। अंतिम दर्शन की अभिलाषी लिए चित्रकूट भी गयीं। पर पति की अवहेलना झेलना पड़ी। फिर भी वह पति के मार्ग की बाधा न बनी। तुलसी को अब राम के दर्शन सोते जागते लिखते साक्षात् होने लगे थे और मानस के प्रसंग स्वयंभोगे यथार्थ से लिपिबद्ध होने लगे।

रत्नावली का विरह, पीड़ा अश्रुपूरित, दर्द भरी पुकार बन चुका था।

'प्रभु बराह पद पूत महि, जनममही पुनि एहि।

सुरहरि तट महि त्याग अस, गये धाम पिया केहि।

पति की स्मृतियाँ हतभागिनी को व्यथित करती हैं और वह कह उठती है,..

'कर गहि लाए नाथ तुम, बादन बहु बजवाय।

पदहू न परसाए तजत, रतनावलिहि जगाय।'

इतनी भी क्या निष्ठुरता कि जिसे बाजे गाजे से के साथ हाथ पकड़ कर लाये उसे ही त्यागते समय चरण स्पर्श तक की भी अनुमति न दी। ज्ञातव्य है कि चित्रकूट में जब रत्ना गयी तो तुलसी ने चरण स्पर्श तो दूर, उनका मुख तक देखने से मना कर दिया था। वहाँ से वापस आकर स्त्रियों को उत्तम धर्म आदि की शिक्षा देने लगी थी। मात्र २७ साल की आयु में पति द्वारा परित्याग ने उस कोमल मन को कितनी ठेस पहुंचाई होगी, शब्दों से परे है।।

गीता चौबे 'गूँज'
(राँची)

सृजन

सकल सृष्टि में ब्रह्मा और नारी,
सृजन के होते दो ही अधिकारी।

अपनी रचना पर न कभी अघाते,
तब ही जगत में सर्जक कहलाते।

नन्हा एक बीज मैंने भी बोया,
नाजुक कंधे पर विरासत ढोया।

स्नेह के जल से अभिसिंचित करके,
सुकर्म के खाद से पूरित करके।

जलायी मैंने भी इक जोत नई,
बुझे नहीं देखो, उठे हाथ कई।

हाथों में हाथ कड़ी बनती रही,
सृजन की क्रिया यूँ ही बढ़ती रही।

मेरे बाद मेरी अगली पीढ़ी,
रचनाधर्मिता यूँ चढ़ती सीढ़ी।

सृजन क्रिया कभी न कहीं रुकती है,
उत्तरोत्तर वह बढ़ती रहती है।

नीना मोहन श्रीवास्तव

अंकुश

मेरा हर कदम है अंकुश में
विश्वास नहीं मुझको उस पर,
कब घाव करे मन शंकित है
मेरा हर कर्म है अंकुश में।
मैं बेड़ी मे जकड़ी जकड़ी,
सैकड़ों वर्ष से तड़प रही।
कोई तो आकार मिले मुझको
मेरा हर कार्य है अंकुश में।
युग युग से बन्धन युक्त रही
आई न स्वतंत्रता की ज्योति।
जब भारत मां आज़ाद हुई,
मैं फिर भी नहीं, हूँ अंकुश में।
आधार नहीं मिलता मुझको
जिसका लूँ सहारा, बन्धन तोडू

आधार मिला जो वो खुद ही,
कर गया मुझे फिर अंकुश में।

हे जीवन सत्य मेरे अंकुश!
तुझको मुझसे है स्नेह बहुत,
इसका रहस्य समझा कर फिर
चाहे तू कर ले अंकुश में।
मैं बाला हूँ इस भारत की
निज भाग्य पर बिलखी-सहमी।
कर दे मुझ पर एक दया दृष्टि
हो दूर, न कर मुझे अंकुश में।
अंकुश-अंकुश हर दिशा की गूंज
एक सुर्ख-लौह सी धंसती है।
सीना मेरा है छलनी पर
सहकर मैं रहती अंकुश में।

निशिता मंगल

हाँ मैं नारी हूँ...

माना बहुत जल्दी भावुक हो जाती हूँ,
पर जब बारी आत्मसम्मान की आती है,
तो सब पर भारी पड़ जाती हूँ।
देते रहते हैं, जो नारी को कम अक्ल का ताना,
गवां बैठते उसकी अदा पर अपना होश ठिकाना,
लेकिन तभी भी नारी ही दोषी कहलाती है,
बात उनकी छोटी सोच की नहीं,
मेरे कपड़ों पर आजाती है,
मान लेते हम पहनावे की गलती,
अगर दूध पीती बच्ची सुरक्षित रहती,
सब कुछ करती इनकी भौतिक पाश्चात्य मानसिकता,
और नाम भारत की संस्कृति का लगाते है,
पर सीता राधा, गार्गी जैसी महिलाओं का गौरव नहीं देख पाते हैं,
होता अगर लड़के लड़की में भेदभाव,
कभी नहीं बनती राधा रानी, ना बनती सीता ज्ञानी,
ना हराती कभी प्रखंड पंडितों को गार्गी,
अपने हिसाब से धर्म और परंपरा से छेड़छाड़ करते,

और फिर नाम भारत का लगाते हो,
नारी को अपमानित करके, खुद को मर्द समझते हो,
मत भूलो जिसने तुम्हारा सृजन किया, वह संहार भी कर सकती है,
पार्वती सी सौम्य, तो महाकाली सी विकराल भी बन सकती है।।

पद्मा अग्रवाल

किताबें

जब मौन हो जाता है आदमी
तब भी बोलती रहती है किताबें
जब चाहो तब सुन लेना
पन्नों की सरसराहट
शब्दों की चहल कदमी की आहट
महसूसना उनकी नमी, उनकी तपन...
खोल देना दरवाजे, खिड़कियां, रोशनदान
प्राण वायु के लिए...
सीख लेना
बंजर में से अंकुरण होने का
और कंटक भरी राह पर
सुगमता से चल पड़ने का हुनर
कठिन दिनों में भी
आ जाएगी नींद ...
पढ़ते-पढ़ते अपनी छाती पर रख लेना कोई किताब
या उसकी गोद पर सिर रखकर
सो जाना चैन से ...

मातृत्व

निम्न मध्यवर्गीय प्राइमरी स्कूल की अध्यापिका सुषमा जी आज पहली बार ट्रेन के ए. सी. कूपे में बैठने के लिये छोटे बच्चे की तरह उत्साहित थीं। उन्होंने सदा कल्पना लोक में विचरण करते हुये ए.सी. कूपे की ठंडक का अनुभव किया था। बेटी की जिद और उसी की अनुकंपा से उन्हें आज यह सौभाग्य मिलने वाला था। वह अपने जीवन की इस उपलब्धि पर गौरवान्वित महसूस कर रही थीं।

उनके मन में अभिजात्य वर्ग के साथ कदम मिलाकर चलने में अपार संकोच का अनुभव हो रहा था। अपनी बर्थ पर पहुंचते ही उन्होंने अपने चारों ओर नज़रें घुमाई, वहाँ सभी यात्री अपनी दुनिया में खोये हुये थे। उनके साथ उनकी बेटी मिनी और उसके बच्चे सनी मनी थे, जिनकी उम्र ४ और ६ वर्ष थी।

बच्चे तो आखिर बच्चे थे बस शुरू हो गई धमाचौकड़ी, कभी भूख लगी है तो कभी पानी की प्यास। कभी इधर भाग तो कभी उधर, सन्नाटे को चीरते हुये बच्चों के कोलाहल के कारण वह लज्जा का अनुभव कर रहीं थीं।

उन्होंने बच्चों को डॉटने के अंदाज में इशारे से चुप बैठने को कहा। आंखों ही आंखों के इशारे से उन्होंने अपनी बेटी से भी बच्चों को शांत रखने को कहा था।

वैसे तो इन बच्चों की बाल सुलभ क्रीड़ायें सभी यात्रियों को मुस्कराने पर मजबूर कर रहीं थीं। फिर भी शांत वातावरण में बच्चों का शोरगुल उन्हें अटपटा लग रहा था।

सामने की बर्थ पर एक अभिजात्य वर्ग की दक्षिण भारतीय महिला बैठी हुई थीं, उनकी उम्र लगभग ४५ वर्ष, पक्का सांवला रंग, गोल्डेन फ्रेम के चश्मे के अंदर से झांकती बड़ी-बड़ी आंखें, नुकीली नाक के बांई ओर डायमंड की दमकती लौंग, लिपिस्टिक से रंगे हुये होठ, घने काले घुँघराले केश, गले में लगभग १५ तोले की मोटी लंबी सोने की चेन, और साथ में उतना ही

लंबा भारी मंगलसूत्र, कलाई में डायमंड के चमचमाते कंगन, लाल चौड़े बार्डर वाली प्योर सिल्क की साड़ी उनके धनी होने की कहानी कह रही थी। वह फर्राटेदार इंग्लिश में अपने पड़ोसी यात्री के साथ धीरे धीरे बात कर रहीं थीं।

उनके व्यक्तित्व से आतंकित होकर वह स्वयं में ही सिमट कर बैठ हुईं थीं। अनायास उन्होंने उनके साथ अपनी टूटी फूटी हिन्दी में वार्तालाप आरंभ किया। बातचीत का कारण सनी था। बातों ही बातों में वह सुषमा जी से घुलमिल गई। वह हिन्दी भाषा समझ लेतीं थीं लेकिन बोलने में कच्ची थीं।

लक्ष्मी अयंगर ने अपना परिचय देते हुये बताया कि वह आई. ए. एस. अधिकारी की पत्नी हैं। वह अपने भाई के पास बेंगलुरु जा रही हैं। वह बार बार अपने पति व्यंकटेश की बातें कर रहीं थीं। उनकी पसंद नापसंद का जिक्र कर रहीं थीं। वह सनी और मनी के आकर्षण में बंध गई थीं। वह बच्चों के साथ उन्मुक्त होकर बच्चों की तरह उत्साहित होकर खेल रहीं थीं। कभी उनके साथ तुतला कर बात करतीं, कभी बॉल खेलतीं। उनके संग वह स्वयं बच्चा बनी हुई थीं।

दोनों बच्चों के साथ खेलते हुये उनकी खुशी और उल्लास देखने योग्य था। सुषमा जी के मन में उत्कंठा हुई और वह लक्ष्मी जी से पूछ बैठीं थीं,'' आपके बच्चे?

उनके इन दो शब्दों को सुनते ही उनकी खुशी काफूर हो गई थी, उनका चेहरा विवर्ण होकर सफेद पड़ गया था। ओर वह एकदम गंभीर हो उठी थीं।

वह घबरा गईं कि उन्होंने कोई बड़ी गलती कर दी है। वह स्वयं अपराध बोध से पीड़ित हो उठीं थीं, संभवतः उन्होंने उनकी कोई दुखती हुई रग छेड़ दी थी।

कुछ लम्हों के लिये वह एकदम चुप हो गईं थीं। उनकी आंखें भीग उठीं थीं, थोड़े अंतराल के बाद सामान्य होने की कोशिश करते हुये बोलीं,'' वह उच्च शिक्षा प्राप्त गोल्ड मेडलिस्ट धनी महिला हैं। उनके पास कोठी, बंगला, कार, इज्जत, शोहरत, नौकर चाकर सब कुछ है। नहीं है तो एक अदद

अपना बच्चा... एक बार कुछ उम्मीद हुई थी लेकिन एक हादसे में सब कुछ समाप्त हो गया।

ससुराल पक्ष के दबाव में पति बच्चा गोद लेने के लिये राजी नहीं हुये। उनका कहना है कि पराया खून पराया ही होता है। वह कभी अपना नहीं हो सकता।

इसलिये मन के किसी कोने में माँ न बन पाने का दर्द कचोटता कहता है। धन, पद प्रतिष्ठा सब कुछ होते हुये भी मातृत्व के बिना अपने को अधूरा समझतीं हूँ।

अपने अधूरेपन से निराश होकर समाज सेविका बन गई हूँ।

गरीब बच्चों को पढ़ा कर उनकी सेवा के माध्यम से अपनी कुंठा और अपने अधूरेपन को भूलने का प्रयास करती रहती हूँ।

उनकी बातें सुषमा जी के दिल की गहराई में उतर गईं थी। वह स्तंभित होकर सोचने को विवश हो गईं थीं कि क्या स्त्री की पूर्णता मातृत्व में ही है।

नीलम तोलानी

धन

लाउडस्पीकर पर महात्मा जी के प्रवचन गूँज रहे थे.. 'धन की प्रवृत्ति क्या है? सात्विक, तामसिक या राजसिक.... धन तो वही है, सेठ की तिजोरी में अगर बंद है तो राजसिक, जुआघरों में वेश्यालयों में लुटाया जाता हो तो तामसिक, वही हक हलाल से कमाया जाए पुण्य कार्य में लगाए जाए, तो सात्विक।

जब तक धन से मोह नहीं छूटेगा, मुक्ति संभव नहीं।

प्रमिला देवी मंडप से बाहर निकलती मन ही मन सोच रही थी, आज ही सेठ जी से कहूँगी, सारा काला धन सरकार के सामने घोषित करके, टैक्स भरे। यथेष्ट धन है हमारे पास। जीवन का अंतिम सत्य और तलाश तो मुक्ति ही है, और न ही यह साथ जाने वाला है। फिर क्यों चोरी करना। हमारी तो औलादें भी सक्षम है।

सामने ही एक औरत महात्मा जी के चेले के पैरों में गिर कर गिड़गिड़ा रही थी.. मैं वीआईपी पास के पाँच हज़ार नहीं दे सकती। बहुत गरीब और मुसीबत में हूँ, अपने गुरुदेव से मार्गदर्शन चाहती हूँ, कृपया, मुझे मिलने का समय दें।'

'अपने घर जाओ अम्मा! सब तुम जैसे ही लोग यहाँ आएंगे, तो चल गया हमारा काम, राम-राम !

प्रतिभा अग्निहोत्री

मिट गए फासले

ड्रेसिंग टेबल में लगे आदमकद आइने के सामने खड़ी होकर रानू अपनी लहराती लंबी जुल्फों को संवार रही थी कि पति सोमेष ने पीछे से उसके कमर में अपने हाथों का घेरा बनाकर आबद्ध कर लिया।

"अरे अरे क्या कर रह हो कोई देख लेगा, रानू ने इधर उधर देखते हुए कहा।"

"देख लेगा तो देख ले अपनी बीबी को प्यार कर रहा हूं किसी गैर को तो नहीं, यूं भी पिछले कितने दिनों से तुम्हें छूने तक का साहस नहीं कर पा रहा था।" कहते हुए सोमेष ने एक प्यार भरा चुंबन उसके गुलाबी गालों पर अंकित कर दिया। इस अप्रत्याषित प्यार की निशानी से रानू शरमा गई और मुस्कराते हुए बोली,

"अब जाकर जल्दी से मूवी चलने के लिए तैयार तो हो जाओ कि यूं ही प्यार में पागल होते रहोगे।"

"बस यूं गया और यूं आया।" कहकर सोमेश तैयार होने चला गया।

आइने के सामने खड़े खड़े ही पिछली कुछ खट्टी मीठी यादें उसके मन मस्तिष्क के गलियारे से लहरातीं सीं निकल गयीं। याद आ गया उसे वह दिन जब पी. सी. एस. परीक्षा में सफलता प्राप्त करके उसका चयन खाद्य

अधिकारी के पद पर हुआ था। अपने चयन की खुशी को वह अभी सेलिब्रेट भी नहीं कर पायी थी कि पिताजी के एक दूर के रिश्तेदार अपने बेटे का रिश्ता उसके लिए लेकर आ गए। ४ बेटियों के बाप रिटायर्ड पिताजी को अपनी तीसरी बेटी के लिए घर बैठे रिश्ता मिल गया था। सो उन्होंने चट मंगनी पट ब्याह कर दिया। सरकारी नौकरी में उच्चपदासीन सोमेश की सौम्यता, सादगी और महिलाओं के प्रति उच्चविचारों से वह भी प्रभावित हुए बिना कहां रह पायी थी। किस्मत से विवाहोपरांत दोनों की पोस्टिंग भी रायपुर ही हो गयी। जिंदगी बड़ी खुशगवार चल रही थी कि एक दिन सोमेश की मार्कशीट में उसकी डेट ऑफ बर्थ देखकर वह दंग रह गयी क्योंकि उसमें लिखी जन्म तिथि के अनुसार सोमेश उससे उम्र में १४ साल बड़ा था। जब कि सोमेश के द्वारा बतायी गयी जन्मतिथि के अनुसार उन दोनों की आयु में सिर्फ चार वर्ष का ही अंतर था। उफ् इतना बड़ा धोखा.......जिस विवाह की नींव ही धोखे और झूठ पर टिकी है उसका भविष्य क्या होगा सोचते सोचते उसका तो सिर ही चकराने लगा था। उस दिन जैसे ही सोमेश आफिस से आया उसने सोमेश की १० वीं की मार्कशीट उसके सामने रख दी,

"यह सब क्या है सोमेश तुमने अपनी उम्र १० साल कम करके क्यों बतायी यदि मुझे पता होता कि हमारी उम्र में १४ वर्ष का अंतर है तो मैं अपने लिए ऐसे बेमेल पार्टनर को कभी पसंद नहीं करती।"

"इसीलिए तो नहीं बता पाया, मैं पहली बार में ही तुम्हें दिल की गहराइयों से चाहने लगा था। उम्र के इतने बड़े फासले में तुम क्या कोई भी लड़की विवाह के लिए तैयार नहीं होती और मैं तुम्हें किसी कीमत पर खोना नहीं चाहता था। मैंने सोचा था बाद में बता दूंगा परंतु हिम्मत ही नहीं कर पाया। प्लीज मुझे माफ कर दो" कहते हुए सोमेश ने अपनी गल्ती स्वीकारते हुए रानू के सामने हाथ जोड़ दिये थे।

असत्य से सख्त नफरत करने वाली रानू लाख कोशिशों के बाद उसे माफ नहीं कर पा रही थी बल्कि वह जितना सोचती उसे अपने और सोमेश के संबंध खोखले से लगने लगते। उससे बार बार लग रहा था कि सच्चाई

न बताकर सोमेश और उसके परिवार वालों ने उसके साथ धोखा किया है। इस सबके बीच एक दिन आफिस से लौटी तो उसका बदन बुखार से तप रहा था। सोमेश तो उसकी हालत देखकर ही घबरा गया था। तमाम टेस्ट के बाद डाक्टरों ने टाइफाइट की पुष्टि की। सोमेष ने आफिस से अवकाश लेकर दिन रात जागकर जी जान से रानू की सेवा की। सोमेश की देखभाल के परिणामस्वरूप ही वह १० दिन में ही ठीक हो गयी। १५ दिन बाद जब वह आफिस जाने के लिए तैयार हो रही थी तो स्वयं ही आइने के सामने मुस्कराते हुए सोचने लगी, सोम बाबू तुमने मेरा दिल जीत लिया शायद इसीलिए उम्र के फासले से प्यार की नजदीकियां अधिक मायने रखतीं है, और उस दिन से दोनों के मध्य आए सभी फासले मिट गए थे।

मीनाक्षी भारद्वाज

सब रोए थे, सब सिसके थे, सब अश्रु बिन्दु बहाये थे
श्रद्धा सुमन अर्पित करके, अगणित कन्दील जलाए थे
नियम बने, प्रावधान बने, सबने मिल कसमें खाई थी
दिल्ली की सड़कों पर जनता फिर चीखी थी चिल्लाई थी
वहशी नीच दरिंदा कह, सबने जी भर के कोसा था
अब होगा ऐसा नहीं कभी हमने भी तब ये सोचा था
बुझ गयी कन्दीले, मन में फिर छाया निर्मम अंधियारा है
श्रद्धांजलि के पुष्प कुचल, दहका दानवता का अंगारा है
नारी की गरिमा भंग हो रही, मन आहत है टिप्पणियों से
आदेश दिये जाते उनकों ना गुजरो सूनी गलियों से
जो पापी हैं अपराधी हैं ना उनपे कोई बंदिश है
क्यूं क्षितिज छू रही ललनाएं, सबके मन में ये रंजिश है
बढ़ चलो, कहीं ना ठिठको तुम, ना छिप छिप अश्रु बहाओ तुम
पहचानों खुद को सबल बनों, निर्भया बनकर अब आओ तुम
स्वावलंबी बनकर डटी रहो, दुर्गा बनकर हुंकार भरो
है यही मार्ग अब शेष धरा पर, दामिनी इसे स्वीकार करो..

नसरीन अली

"वो एक लड़की"

आज हम सभी लोग सीमा का दुखद समाचार सुनकर उसके घर एकत्रित हुए है। लेकिन मेरे स्मृतिपटल पर जैसे उसकी हर एक बात जीवन्त हो रही है। उससे मेरी मुलाकात आफिस में हुई थी। विवाह के बाद मेरा ट्रांसफर हुआ था और वो चंद दिनों में ही मेरी काफी अच्छी सहेली बन गयी थी। वो बहुत ही हँसमुख और व्यवहार कुशल थी। सभी की मदद करने के लिये आगे रहती। जिंदगी के उस पड़ाव तक सब अपने हिस्से का थोड़ा उतार-चढाव देख चुके होते है। लेकिन उसने जो पार किये थे, वो मेरे अनुभव से काफी अलग थे। अपने कालेज के दिनों में उसकी मुलाकात समीर से हुई, दोनों के बीच जो दोस्ती थी। उसकी जगह प्यार ने ले ली। दोनों शादी करना चाहते थे। दोनों ये भी जानते थे कि उनके घरवाले किसी भी हालत में तैयार नहीं होंगे। वो अपने परिवार में तीन भाइयों में सबसे बड़ी और इकलौती बहन थी। अपने परिवारों की इच्छा के विपरीत दोनों ने कोर्ट मैरिज कर ली। शादी के बाद उस घर में अपनी जगह बनाना उसके लिये चुनौतीपूर्ण था। लेकिन उसने अपने व्यवहार से घर के लोगों के दिल में जगह बनाने में कामयाबी हासिल कर ली। उसने अपनी इच्छा से समीर के धर्म को कुबूल किया और उसे महज एक रस्म के तौर पर न कर दिल से अपनाया। कालेज की पढ़ाई के साथ-साथ उसने खुद उर्दू और अरबी को भी

पढ़ना सीख लिया था। कुछ वक्त लगा पर समीर के परिवार ने उसके नाम या धर्म को पूरी तरह नज़र अंदाज करके उसने खुशी से अपना लिया। वो बहुत खुश थी कि जिंदगी अब शायद ठीक चलेगी। लेकिन जिंदगी मुश्किलों का ही नाम है। पति की पोस्टिंग मुम्बई हो गयी। उसने सास-ससुर की देखभाल घर और बाहर के काम और छोटे बच्चें की परवरिश की जिम्मेदारी भी दिल से निभायी। इसी बीच उसके पति का ट्रांसफर भोपाल हो गया। उसे लगा हि अब खुशी के दिन आने वाले है, लेकिन सब कुछ हमारे चाहने और सोचने से नहीं होता। जिस तरह खुशी पर हमारा जोर नहीं चलता उसी तरह दुख भी हमें बिन बताए ही आता है। साल २००४ में उसे को पता चला कि उसे कैंसर है। यह जानकर उसे ऐसा लगा कि मानों सब कुछ खत्म हो गया। उसने सोचा ऊपर वाला ऐसे कैसे कर सकता है अभी तो इतनी मुश्किल के बाद सबने उसे अपनाया है। उसे लगा कि इससे बुरा क्या होगा, जिंदगी यही खत्म हो गयी लेकिन ये शुरूवात थी। अभी तो उसे नंगे पांव अंगारें पर चलना था। समीर ने भी दो महीने पहले ही प्राइवेट बैंक में नौकरी ज्वाइन किया था। उनके पास छुट्टियों की समस्या थी।

उसका बहुत बड़ा इम्तहान था। किसी और पर निर्भर न रहकर वो अपनी कीमोथेरेपी के लिये खुद गाड़ी चला के जाती थी। उसने तय कर लिया था कैंसर की बीमारी को हराना है। उराकी सोच थी बच्चे की परवरिश के लिये मुझे खुद को स्वस्थ रखना ही होगा। सफर आसान नहीं था लेकिन उसने हिम्मत और सकारात्मक सोच लेकर कदम बढ़ाना शुरू किया। उसको ऐसा आभास होने लगा उसके पति को छुट्टियों की समस्या नहीं थी उसकी बीमारी की वजह से पति का रवैया कुछ बदला सा जा रहा था। रेडियेशन थैरेपी के लिये उसे डेढ़ महीना (४५ दिन) मुंबई में बिताना था जिसके लिये समीर ने एक बार भी साथ चलने की इच्छा जाहिर नहीं की। उसका रवैया नज़र अंदाज करके वह ठीक होने के इरादे से अकेले ही मुंबई गई और अखिकार वो दिन भी आ गया जब वो ठीक होकर लौटी। ये सोचकर कि अब जिंदगी ने उसे नया मौका दिया है वो फिर जिंदगी का सामना करने के लिये तैयार हो गयी थी। लेकिन किस्मत को और कुछ दिखाना था। उसके

पिताजी, जो उसके जीवन में आए उतार चढ़ाव में उसका सबसे मजबूत सहारा थे, उसकी हिम्मत थे, एक सड़क हादसे में चल बसे। कुदरत की मर्जी के आगे इंसान की विवशता को अब अच्छे से समझ चुकी थी वह। लंबा समय लगा उसे संभलने में। कुछ ही दिन बीतें होंगे और उसकी जिंदगी ने फिर एक इम्तिहान में डाल दिया उसके पति का घर से बाहर रहना, उदासीपूर्ण रवैया कुछ और कहानी बता रहा था। उसको एक दिन पता चला कि उसने जिस इंसान को चुना था वो किसी और के साथ था। जिस समय उसे अपने पति के सहारे की अति आवश्यकता थी। उसका कहना था कि कैंसर की बीमारी तो कुछ नहीं ये बेवफाई तो उस कैंसर से भी बढ़कर है जिसने उसके पैरों के नीचे से जमीन खींच ली। अब किससे लिये जीना, उस शख्स के लिये उसने सारी दुनियां छोड़ दी। दूसरी शादी के बारे में सुनने के बाद, उसने एक ही पल में तय कर लिया था कि ऐसे आदमी के साथ नहीं रहना जिसने इतना बड़ा विश्वासघात किया। उसने पति से तलाक ले लिया। बीमारी की हालत में भी अपने बच्चे की परवरिश घर, नौकरी अकेले ही संभाला। अभी वो इन परेशानियों में तो थी ही, तभी उसे रूटीन चैकअप के लिये मुम्बई जाना पड़ा। जहाँ उसे डॉक्टर ने बताया कि उसे फिर से कैंसर हो गया है। ऊपर वाले ने उसे फिर वहीं लाकर खड़ा कर दिया जिस रास्ते को उसने बड़ी हिम्मत से पार किया था। डॉक्टर उसे हमेशा फाइटर गर्ल्स कहते थे। उसने अकेले परेशानियों को झेलते हुए भी रोना छोड़ दिया। वो छः महीने बाद फिर से बीमार रहने लगी। इस बार वो बीमारी से उभर नहीं पाई हम सब को छोड़ कर चली गई। इतने संघर्श और इतनी परेशानियों के बावजूद उसने हिम्मत नहीं हारी और लोगों के लिये एक मिसाल बन गयी। हम सभी महिलाओं के लिये प्रेरणास्त्रोत बन गयी।

सुषमा शुक्ला इंदौर

जब जब धरती पर वसंत नवो उल्लास छा जाता है
जागृत जीवन तो का मन कुछ करने को अकुलाता है।।
शिवा और राणा के मन में जब वसंत उम गाया था
तब मातृभूमि की ममता आगे उन्हीं ने कुछ भी भाया था।
और भगत सिंह के भीतर ऐसी अकुलाहट जब जागी थी
फांसी पर हंस-हंसकर झूली तब काया बड़भागी थी।।
युग युग तक इतिहास उन्हीं की अमर कथा दोहराता है
जागृत जीवन तो का मन कुछ करने को अकुलाता है।।
जब बसंती छटा हृदय पर दयानंद के छाई थी
अंबर में पाखंड खंडी की ध्वजा तभी लहराई थी
जीवन में उल्लास वसंती जब स्थान ले लेता है
तब नरेंद्र में स्वतः विवेकानंद दिखाई देता है
देश विदेश में जाकर संस्कृति ध्वजा वही लहराता है
जागृत जीवन तो का मन कुछ करने को अकुलाता है।
जिस दिन वासंती उमंग में डूबी लक्ष्मीबाई थी
सबल शत्रु के सन्मुख उसने अनुपम वीरता दिखाई थी
मातृभूमि की खातिर उसने ऐसी लड़ी लड़ाई थी कि,
दुश्मन के मुंह से भी उसने बहुत प्रशंसा पाई थी।
उसकी अजीत शौर्य की गाथा स्वयं विजेता गाता है

जागृत जीवन तो का मन कुछ करने को अकुलाता है
आओ निज मन में ऐसा वासंती भाव जगाए हम माता,
मानवता, संस्कृति, पर न्योछावर हो जाएं हम
जिसने मां की अश्रु भरी आंखों की और निहारा है
उसने धन, साधन, श्रम, सुविधा, समय उसी पर वारा है
मां का निजी स्वर कर्तव्यों की हमको याद दिलाता है
जागृत जीवन तो का मन कुछ करने को अकुलाता है।।
जब जब धरती पर वसंत नवाउल्हास छा जाता है
जागृत जीवन तो का मन कुछ करने को अकुलाता है।

मान कँवर 'मैंना'

बूढ़ी अम्मा

'अम्मा एक साड़ी हैं, अभी प्रेस कर देंगी क्या? मुझे थोड़ी जल्दी है। 'मृणाल ने प्रेस करती हुई बूढ़ी अम्मा से कहा।

'हाँ बेटी कर दूँगी, तनिक बैठो। 'पास पड़ी बैंच की तरफ इशारा किया अम्मा ने हाथ में जो कमीज थी उसको प्रेस करके एक तरफ रखती हुई बोली।

अम्मा साड़ी प्रेस करने लगी। मृणाल ने देखा कि अम्मा की उम्र लगभग अस्सी पिच्यासी के बीच होगी। यह इस उम्र में भी क्यों इतनी मेहनत करती हैं? शायद बच्चे नहीं होंगे? तभी तो इस आराम करने की उम्र में भी काम करना पड़ रहा हैं। मृणाल मन ही मन सोच रही थी। जब रहा नहीं गया तो पूछ बैठी।

'अम्मा ! आपके बच्चे नहीं हैं क्या?'

अम्मा लम्बी सांस खींचकर बोली- 'हैं ना बिटिया एक बेटा है, पोते-पोती हैं। पांच बेटियां हैं जो अपनी -अपनी ससुराल में खुश हैं।'

'अम्मा इतना भरा -पूरा परिवार हैं आपका फिर आप क्यों इस उम्र में काम करती हो?'

'बिटिया काम ना करूँ तो खाऊँगी क्या? काम करती हूँ तभी तो अपना

खर्चा चला पाती हूँ। बेटा-बहू मुझे कुछ भी नहीं देते। बहू तो घर का काम भी नहीं करती। मैं सुबह पांच बजे उठकर जितना मुझसे होता हैं उतना काम करके, खाना भी बनाती हूँ। आठ बजे यहाँ बाजार में आ जाती हूँ और दिन भर कपड़े प्रेस करती हूँ। शाम को घर जाकर फिर खाना बनाकर खाती हूँ। 'प्रेस करते-करते अम्मा अपनी कहानी सुना रही थी।

'अम्मा आपकी बहू करती क्या हैं पूरे दिन?'

'बिटिया वह अपना काम करके पंखे के नीचे सोती रहती हैं सारे दिन। उसकी किस्मत में पंखे के नीचे सोना लिखा हैं और मेरी किस्मत में काम करना लिखा हैं।

किसको दोष दे बिटिया किस्मत अपनी -अपनी।'

यह लो आपकी साड़ी।

मृणाल ने साड़ी लेते हुए पूछा अम्मा कितने रूपये दूँ।

'पन्द्रह रूपये दे दो बिटिया।'

'यह लो अम्मा बीस रूपये रखो।'

नहीं बिटिया यह लो आपके पांच रूपये वापस।

'बिटिया आपकी सास हैं क्या?'

'हाँ अम्मा सास के साथ ही रहती हूँ। ससुर जी तीन साल बीमार रहे, इसलिये पन्द्रह साल की शिक्षिका की नौकरी छोड़नी पड़ी। दो साल पहले गुजर गये।'

'बिटिया अपनी सास की भी खूब सेवा करना भगवान आपको हमेशा सुखी रखेगा।' कहते हुए अम्मा ने मृणाल के सर पर हाथ फेरा। अम्मा के साथ -साथ मृणाल की आँखों में भी आँसू छलक गये।

तू हाथ की लकीर में है ना चाहत की लकीर में
फिर भी दिल में, तू है उदास आंखों की पीर में
तू बेवफा है या........... लापरवाह है बहुत
तुझे चाहते चाहते पाषाण हो गई मैं नीर से
छलकती आंखों को यूं नज़रअंदाज ना कर
मैं प्यास बनकर ढल रही हूं रांझे की हीर में
सदियां सी बीत रही है तेरा दीदार हुए
दिल बहला लेते हैं तेरी पुरानी तस्वीर से
चाहती हूं तुझे अब दिल से रुखसत ही कर दूं
बांध लेती हैं यादें तेरी मुझे अपनी जंजीर से

'अनुराधा चौहान'

ख़्वाहिशों के झरोखों से

झाँकती उम्मीद भरी आँखें
वक्त की धूप में मुरझाया चेहरा

फ़िर भी होठों पर मुस्कान लिए
कर्मशील व्यक्तित्व के साथ

सबकी खुशियों में अपने सपने ख़ोजती
सहनशीलता की बनकर मूरत

खुद की पहचान को भूलती जाती
रिश्तों की बनकर जन्मदात्री

उपेक्षा के अँधेरों को झेलती
प्रताड़ना सहती फ़िर भी हँसती

अपने वजूद को कायम रखती
जानती है खूब नहीं निर्भर किसी पर

अगर वो जिद्द अपनी ठान ले
हौसले की उड़ान भरकर

ख्वाहिशों को हाथों से थाम ले
फ़िर भी झुक जाती हमेशा वो

अपनों की खुशियों के बोझ तले
रो लेती मन ही मन होठों पर मुस्कान लिए

रख देती ख्व़ाबों को कर्त्तव्य के बोझ तले

जया तागड़े

और मेरी वो चाय ठंडी हो गई

छोड़कर गई थी नृत्य का फार्म लाने
सखियों से पहले खुदका नंबर लगाने
खुशकिस्मत समझी खुदको पहली बार
मिलने वाला था मौका हुनर दिखाने इस बार
मां ने चाय परोसी थी, मैं पहुंची जैसे ही द्वार
पिताजी का गुस्सा उबला जैसे चाय में उफ़ान
फ़ाड़ कर रख दिया वो मेरा नृत्य का फार्म
मेरे भीगे से नयनों ने उतार दिया बुखार
और मेरी वो चाय ठंडी हो गई यार

सुंदरता का तमगा लगाए मुझपर ये संसार
लड़कों की लग गई लाइन शादी की करे गुहार
मैं सपनों में खोई की मिले प्यारा राजकुमार
घरवालों को भाए केवल रुतबा और धनवान
हाथों को थामे राजकुमार का पहुंची पिता के द्वार
सिरे से खारिज किया मेरा प्यार का संसार
अश्रुओं की धारा ने उतार दिया ज्वार
और मेरी वो चाय ठंडी हो गई यार

राजमहल में पहुंची तो समझती रही बहुरानी
पता ही नहीं चला ओर बन गई कठपुतली सी रानी
घर पर बैठे देखू सभी को करे अपने मन कि
मुझसे न पूछे कोई रज़ा मेरी बस अपना हुक्म सुनाए
बैठे बैठे पढ़ती थी अपने ज्ञान को बढ़ाए
आवेदन में पास हुई तो नौकरी के आफर आए
चहकती रही सारा दिन शाम को प्रियतम घर आए
गरम चाय ओर पकौड़े के साथ अपना आवेदन थमाए
गुस्से से चीखे बहुत आवेदन के टुकड़े टुकड़े कर डाले
जलजला से देख घर में आंसू भी रुक न पाए
गर्म लू के थपेड़ों ने उतार दिया खुमार
और मेरी वो चाय ठंडी हो गई यार

वन्दना नामदेव

कविता

नारी का सम्मान करो

नर हो, नारी का सम्मान करो।
उनका ना कभी अपमान करो।

हर पग के कांटे चुन लेगी,
हर बात तुम्हारी सुन लेगी।
तुम मानो या ना मानो ये,
सपनों में तुम्हें ही बुन लेगी।
नर हो तो फिर उत्थान करो,
सब नारी का सम्मान करो।

नारी ही जननी बनती है,
नारी ही भगिनी बनती है।
वो साथ तुम्हारे चलने को,
नारी ही पत्नी बनती है।
नर हो, तुम अभिमान करो,
पर नारी का सम्मान करो।

बेटी बन कर जब आती है,
एहसास नया दिलाती है।
कहते हैं उसे पराया सब,
फिर भी वो प्यार जताती है।
नर हो तो कन्यादान करो,
पर नारी का सम्मान करो।

दुःख दूर तुम्हारे कर देगी,
सम्पूर्ण तुम्हें वो कर देगी।
जीवन के हर मुश्किल को,
हंस कर वो हल कर देगी।
नर हो, खुशी प्रदान करो।
तुम नारी का सम्मान करो।

शुचि भवि

'ग़ज़ल'

हद से बढ़कर ठीक नहीं आसानी भी
जीवन में हो उलझन भी हैरानी भी

डूबो बेशक चाहे जितना प्यार में तुम
सर से ऊपर मत बहने दो पानी भी

हो विश्वास मोहब्बत पर तुमको लेकिन
मत करना तुम इसमें कुछ मनमानी भी

मुझमें अक्स न क्यों उसका दिखलाई दे
उसकी हूँ मैं जबकि एक निशानी भी

दिल के पास वो रहता है सच है लेकिन
ढेरों बातें बीच बची अंजानी भी

अब जो मेरा रहबर होगा क्या मालूम
हो सकता क्या तुमसा ही लासानी भी

अक्ल की बातें जीवन भर तो करते हैं
अहल-ए-ख़िरद को करनी है नादानी भी

राधा को हक़ सारे ही हैं कान्हा के
कर सकती है उनसे वो शैतानी भी

जुमले बस कहने से मिल पायेगी कहाँ
आज़ादी तो माँगे है कुरबानी भी

इल्मो ख़िरद का ज़िक्र हमेशा होता है
'भवि' कुछ बातें हो जाएँ रूहानी भी

अहल-ए-ख़िरद- बुद्धिमान लोग

अलका शर्मा

'ग़ज़ल'

बेटियाँ

घर में फैलाती हुई रौनकें जहाँ की
चहुंओर हर कोने में खुशियाँ बिखेरती
जीवन के इस सुंदरतम उपवन में
ईश्वर प्रदत्त अनमोल रत्न बेटियाँ।।
किलकारियों से इनकी, हर कोना सुशोभित
कुलांचे भरती फिरती महकाती घर आँगन
अपनत्व के अमृत सुरभित सुगंधित
मातापिता के हृदय में प्रतिक्षणस्पन्दित बेटियाँ।।
पुत्र होते यथा अपने कुल के दीपक
अपनों को अलौकिक आनंद प्रदानकरते
विश्वास और ममता के आँचल मे पलकर
दो कुल का मानवर्द्धन करती ये बेटियाँ।।
एक प्रांगण में पल्लवित पुष्पित
दूजा घर आँगन सहर्ष अपनाती
असीम छाप हृदयों पर छोड़कर

धड़कन सबकी बन जाती बेटियाँ।।
अलौकिक, अनुपम वात्सल्य की धारा से
दो परिवारों को अभिसिंचित करती
बनकर सरिता सागर में मिल जाती
स्वयं के स्वप्नों को भी भूल जाती बेटियाँ।।

मौसमी चंद्रा

वेश्या

वेश्या!!! शब्द आते ही,
जेहन में उभरता है चित्र
पारदर्शी कपड़ों में लिपटी
लाल रंगे होठ
भड़कीला श्रृंगार
उत्तेजक गानों पे थिरकती
घिन सी आती है न?
मुझे नहीं आती
वो नहीं होती
सच में वैसी
जैसी बनती हैं
उन भड़कीले मेकअप तले

छुपा होता है दर्दनाक चेहरा
मजबूरी, लाचारी, भूख गरीबी
और यातनाओं भरी अंधेरी कोठरी
मत करो घृणा
ऐसी बदनसीबों से
सच में वे वेश्याएं नहीं
बल्कि वे होती हैं
जो उजाड़ती हैं
बसा बसाया घर
जो कहने को तो होती हैं
हाई प्रोफाइल इज्जतदार औरतें
कार बंगलों में रहने वाली
रईस पर शरीर की भूखी
इनके निशाने पर होते हैं
मजबूर लाचार युवा
इनके भूख तले कितने
अरमानों की बलि चढ़ गई
ये होती हैं वेश्या
कोठे वाली तो मुफ्त में बदनाम हो गई

अनुजीत इकबाल

पिता को पत्र लिखा था

वह मृत्यु के नगर गए थे
और अब पते की जरूरत थी

सब भाषाओं को देखा
अनंत धर्मग्रंथ खंगाले
शब्दकोषों की धूल खाई
पर पता नहीं मिला

अपने बाल नोचती
सारी पृथ्वी का भ्रमण करती
एक दिन पहुंची चेतना के नगर
ज्ञान की गली में
ध्यान का द्वार और
द्वार के उस पार
“उत्थान” का उद्यान

चित्त छूटा संशय गया
वहीं बोधिवृक्ष के नीचे
तथागत के चरणों के पास
जीवन मृत्यु के संधिकाल पर
अमृतरस से भरा कमंडल

कृष्ण की बंसी की धुन पर
गाते हुए आए कबीर
और नानक के हाथ से लेकर
सिंचित करने लगे एक 'बीज'
मीरा का नृत्य और
सूफियों के चिमटे का 'झम्म'
तत्क्षण
"नवपाध" का उद्गम

संख्यातीत सवालों की लपटें
और शीतल सा 'उत्तर'
पिता का पता मिल चुका था
अब पत्र भेजने की आवश्यकता नहीं थी

डॉ. भावना दीक्षित

डाकघर

विधा - छंद विधान
पिया गये परदेश
जिय पर लागे ठेस
पिय का मिला संदेश
पाती भिजवाई है।

जीवन लागे बेनूर
तुम हो जानम दूर
कब अब आवै नूर
लगन लगाई है।

मेरे हृदय के भाव
पिया कैसे कहूँ बात
मन मेरा लजियात
उमंग समाई है।

लिख पाती मैंने डारी
अब डाकघर मांही

पहुँचे पिया के पास
हुलस जगाई है।

उमा पाटनी (अवनि)

अस्थिर मन, डोलते कदम

ऊपर से विचारों का द्वन्द्ध

सरसरी निगाहों की बेताबी

सांसों की रफ़्तार कभी तेज़ कभी मन्द

धीमी सी मुस्कान लिए चली आती है

रोम-रोम में जैसे गुदगुदी मचाती है

दुनिया भर की कवायद सिमटकर

सोची-समझी एक चाल चलाती है

कविता अपने माध्यम से

जाने क्या-क्या कह जाती है

अपने-पराये का भेद किये बिना

बेबाक धज्जियाँ उड़ाती है

नन्दित करती हृदय का कोना-कोना

उद्‌गार का जब-जब पैमाना छलकाती है

कहाँ रहती मैं भी मैं तब वो कहते हैं जनाब

अजब भाव-भंगिमा लिए अवनि कवयित्री बन जाती है

ये ईश्वरीय तोहफा है सूफियाना

जो स्वाद चखे भई वो ही जाने

इस बस्ती में डोलते हैं किरदार कई

शायर, मजनू, आशिक, दीवाने

'अनुराधा चौहान'

ख़्वाहिशों के झरोखों से
झाँकती उम्मीद भरी आँखें

वक्त की धूप में मुरझाया चेहरा
फ़िर भी होठों पर मुस्कान लिए

कर्मशील व्यक्तित्व के साथ
सबकी खुशियों में अपने सपने ख़ोजती

सहनशीलता की बनकर मूरत
खुद की पहचान को भूलती जाती

रिश्तों की बनकर जन्मदात्री
उपेक्षा के अधेरों को झेलती

प्रताड़ना सहती फ़िर भी हँसती
अपने वजूद को कायम रखती

जानती है खूब नहीं निर्भर किसी पर
अगर वो जिद्द अपनी ठान ले

हौसले की उड़ान भरकर
ख्वाहिशों को हाथों से थाम ले

फ़िर भी झुक जाती हमेशा वो
अपनों की खुशियों के बोझ तले

रो लेती मन ही मन होठों पर मुस्कान लिए
रख देती ख्व़ाबों को कर्त्तव्य के बोझ तले

सुमन प्रभा

तू हाथ की लकीर में है ना चाहत की लकीर में
फिर भी दिल में, तू है उदास आंखों की पीर में

तू बेवफा है या........... लापरवाह है बहुत
तुझे चाहते चाहते पाषाण हो गई मैं नीर से

छलकती आंखों को यूं नज़र अंदाज ना कर
मैं प्यास बनकर ढल रही हूं राझे की हीर में

सदियां सी बीत रही है तेरा दीदार हुए
दिल बहला लेते हैं तेरी पुरानी तस्वीर से

चाहती हूं तुझे अब दिल से रुखसत ही कर दूं
बाँध लेती हैं यादें तेरी मुझे अपनी जंजीर से

पल्लवी पुंडीर

मैं
मैं नहीं
शिल्प निर्मित फुलवारी
जिसका वर्धन निग्रहकारी,

सौंदर्य उसका शब्दातीत
संस्कारों के सोपान चढ़ती

दैवी वो नारी!

मैं हूँ
अपरिकृष्त वीरान
उजाड़ प्रपात,

स्वछंदता जिसकी सुषमा
आकाशी फिरम्ता

स्वेच्छाचारी!

ललिता विम्मी

'कहानी'

बीना बुआ

बीना बुआ, हाँ हम सभी बच्चे इसी नाम से बुलाते थे उन्हें, माँ उन को बीना ही कहती थी। बुआ बहुत ही प्यारी थी, वो सिर्फ हमारी ही नहीं सारी गली के बच्चों की बीना बुआ थी।

बुआ अपने बड़े भाई के घर में ही रहती थी। शादी के दूसरे दिन ही उनका पति उन के काले रंग के कारण उन्हें वापिस छोड़ गया था, बुआ की बीमार और बजुर्ग माँ ने बहुत हाथ जोड़े थे, परन्तु वो फिर कभी मुड़ कर ही नहीं आया। बस तब से खामोश रहकर बुआ सिर्फ काम करती रहती थी। ये सब माँ चाची और गली की सारी औरतें जिक्र करती रहतीं थी।

बीना बुआ अपने भाई के घर का काम करके दूसरे घरों में भी काम करने जाया करती थी ताकि वह आर्थिक रूप से कमज़ोर अपने भाई की कुछ मदद कर सके उस फर बोझ न रहे। इतना सबके बाद भी उनकी भाभी तानाकशी में कसर नहीं छोड़ती थी।

राम थमने ठावे भी कोनी, कहीं न गली सुन्नी होवें थारे पीछे,

कोय न रोवे थमने, रोनआले तो पहलयां ही धक्का देगे। यहां छोड़न आया इससे अच्छा गंगा में ही धका आता।

बुआ शायद पत्थर की हो गई थी, शुन्य में तकती हुई खुश्क आँखों से सब सुनती रहती, माँ कहती थी बीना जिजी पत्थर की हो गई है इसकी सुन सुन के। इसकी माँ मरी तो भी इसको बैठ के दो आँसू बहान का भी हुक्म नहीं था। काम कौन करेगा महारानी उठ लो, बहुत ताने मारती थी उनकी भाभी।।

मुझे ही नहीं हम सब बच्चों को बीना बुआ बहुत प्यारी लगती थी, उनके भीतर की करुणा उनके काले चेहरे पर दैवीय तेज ले आती थी, उन के भीतर का स्नेह उनकी आँखों में बहुत ही स्नेहिल चमक ले आता था।

गली में किसी को भी किसी काम की जरूरत होती तो बुआ ने कभी मना नहीं किया, गली की हर औरत कहती, बीना जिजी काम छोड़ दे मेरे ही घर में रहले, ये भी तेरा अपना ही घर है, पर शायद वो वास्तविकता से बखूबी वाकिफ थी, बस मुस्कुरा कर रह जाती। बुआ को कोई भी चाह नहीं थी न खाने की न पीने की।

हाँ उनकी एक जरूरत ऐसी थी जो उन्हें सब लोगों से अलग करती थी, रोजाना एक थैली दूध और दस रूपये के बिस्किट खरीदती, दूध में एक गिलास पानी मिलाती और गली के कुत्तों में इसका बंटवारा कर देती, मैंने जब से होश सम्भाला था मैंने ये सब देखा था। खिला पिला कर वो उनके सिर पर हाथ फेरती हुई अपने घर चली जाती।।

आज मै छुट्टी पर महीने बाद ही हास्टल से घर आई थी, रिक्शा ने गली के नुक्कड़ पर ही उत्तार दिया था, गली में अजीब सन्नाटा था, और हूं हूं हूं कुछ रोने जैसी आवाजें आ रही थी, कुछ कदम चली तो देखा बराबर वाले खाली प्लाट में कुत्ते इकठ्ठा हो कर रो रहे थे, उनका मुहँ गली के प्रवेशद्वार की तरफ था। अजीब सा डर लगा था मुझे, घर पहुंची तो दरवाजे पर हाथ रखा ही था कि माँ ने खोल भी दिया। माँ के चेहरे पर भी गली के सन्नाटे जैसी ही चुप्पी थी।

माँ बाहर कुत्ते क्यों रो रहे हैं। क्या हुआ बताओ न, मेरा जी घबरा रहा है।

बीना जिजी मर गई, लाडो, जब से उन्हें ले कर गए हैं ये चुप ही न हो रहे, न ही कुछ खा रहे।

मेरी आँखें भर आई थी, जी कर रहा था मैं भी उन कुत्तों के पास बैठ कर जोर जोर से रोऊँ।।।

सरिता पन्थी

किसे पूजना था किसे पूजते हैं

किसे पूजना था, किसे पूजते हैं
करम छोड़कर हम, धर्म पूजते हैं
कभी पूजते हैं, नदी और नाले
कभी पूजते हैं, ये मन्दिर शिवाले
ये माता, ये बाबा, ये मुल्ले मज़ारे
इन्हीं सब को हम, आजकल पूजते हैं
करम छोड़कर हम, धर्म पूजते हैं

ये गेरू, ये दाढ़ी, ये भगवा सी साड़ी
रखे पाँव नंगे, है लम्बी सी गाड़ी
किसी को भी क्या, कोई कम पूजते हैं
करम छोड़कर हम, धर्म पूजते हैं

है बहरा खुदा, जब सुने कौन नाले
हमें कोई मरने से, पहले बचा ले
ये बच्ची, ये बेटी, इन्हें भेंट दे दी
बलि में चढ़ाकर के, हम पूजते हैं
करम छोड़कर हम, धर्म पूजते हैं
किसे पूजना था, किसे पूजते हैं
करम छोड़कर हम, धर्म पूजते हैं

अनामिका सिंह

अब बदलना है

बहुत बार आई गई यह खबर है
कि जला दी गई कहीं कोई ललना है
बहुत बार सुलगी बुझी यह स्वर है
पर मिला न अभी तक किसी को रहम है।

अभी तो कफ़न रात का हर चमन पड़ा है
जो जहाँ था वहीं पर बुत बन खड़ा है,
कई स्वर रूंधा है, तो कई स्वप्न बिखरा है
अब तो दिखता हर जगह अंधेरा है।

आशा की कहीं कोई किरण क्या दिखी है,
झूठे दिलासे से क्या किसी का मन भरा है
वक्त को अब बदलना है खुदी को जगाना है
अपराध से लड़ना है, न्याय अब दिलाना है।

जान लो तेजमय वेग उस दुर्गमा के हैं
जो बनी अबला है तो कभी बनी सबला है
कभी बनी द्रोपदी तो बनी वही सीता है
सती बनी पदमावती लड़ी झांसी वाली है।

गगन तभी झुकता है धरा तभी उठता है
झूठे रस्मों के बधन को जो तोड़ता है
दीनता औ हीनता के क्रंदन को रोकता है
स्व की शक्ति में ही सुखों को ढूँढता है।

सृजन शक्ति और शांति को तो धारणा है
जगती को प्यार के तलवार से जीतना है
हर द्वार पर खुशियों को दीपित करना है
बस, मुक्ति के यज्ञ को पूर्णता ही तो देना है।

डॉ. चंपा नूनिया

औकात...

मेरी औकात बताने वाले जरा अपने गिरीवान में भी झांक
मुझ जैसी मिल जायेगी तुझे हजारों लाख
जिस दिन तुझे तुझ जैसी कोई मिल जायेगी
उस दिन तुझे मेरी औकात समझ आयेगी।

कर के फोन साइलेंट जब वह दूसरे से बतीयागी
उस दिन तुझे मेरी औकात समझ आयेगी।
उसकी आवाज़ सुनने को तू तरसे
और वह पापा के साथ होने का बहाना बनायेगी
उस दिन तुझे मेरी औकात समझ आयेगी।
तेरे साथ होने पर भी जब वह 'सिंगल' का स्टेट्स लगायेगी
उस दिन तुझे मेरी औकात समझ आयेगी।
तेरे बीमार होने पर मंदिर का बहाना कर जब वह पार्टी मनायेगी
उस दिन तुझे मेरी औकात समझ आयेगी।
शादी की बात पर हर बार जब वह इतरायेगी
उस दिन तुझे मेरी औकात समझ आयेगी।
दोस्तों के सामने जब तुझे अपना कहने से संकुचायेगी
उस दिन तुझे मेरी औकात समझ आयेगी।

पार्टी, शोपिंग, वेलेंटाइन वह तेरे साथ ही मनायेगी पर
शादी के लिए जब किसी और का फोटो मंगवायेगी
उस दिन तुझे मेरी औकात समझ आयेगी।
पलसर, इस्कोरपियो में घूमना उसे पसन्द तो होगा लेकिन
जब किसी कड़ोरपति से कुंडली मिलवायेगी
उस दिन तुझे मेरी औकात समझ आयेगी।

कमलासिनी तिवारी

अवसर

यदि मनुष्य को अवसर मिले तो उसके लिए गरीबी एक अभिशाप है, यह गलत है। इसे पनपने नहीं देना चाहिए। जब हम और आप किसी भी गरीब इंसान को देखते हैं तो सर्व प्रथम उसके प्रति घृणा की दृष्टि से ही उसका स्वागत करते हैं। चूंकि यहां पर धन ही महत्वपूर्ण है, संसाधन विहीन व्यक्ति भी गरीबी रेखा के अंतर्गत आता है। देखिए आज व्यक्ति धन ही नहीं विचारों से भी गरीब है। उसकी सोच ही गलत है। कोई मैले कुचौले भीखमंगे की तरफ नहीं देखता है। हमेशा साफ सुथड़े, चमक-दमक की ओर ही आकृष्ट होता है। उसके पैसा मांगने पर पैसा नहीं देता है, चाहे पान खाकर या मसाला खाकर या अन्य व्यसनों में बीस से सौ रूपये तक खर्च कर देता है।

मेरे विचार से गरीब व्यक्ति को पैसै न देकर उनकी आवश्यकताओं को पूरा कर दिया जाये तो बेहतर होगा, जिससे भीख मांगने की प्रवृति कम होगी। किंतु आज व्यक्ति का स्वभाव है कि वो झंझटों में क्यूं पड़े। भीखारियों को दो रूपये से दस रूपये देकर छुटकारा पा लिया जाये। यही मानव प्रवृति होती जा रही है। आज आदमी काफी व्यस्त है। वह सिर्फ अपने ही बारे में सोचता है। उसके पास समाज में कार्य करने का वक्त नहीं है।

जबकि कई समाजसेवी संस्थाएं इस तरह के कार्यों को कर रही हैं। जैसे गरीबों को जो सड़क पर खानाबदोस जैसी जिंदगी बसर कर रहे हैं, उनके बच्चों की पढ़ाई करवाने, उन्हें पुराने कपड़े उपलब्ध कराने, जाड़ों में कंबल आदि की व्यवस्था कराने का कार्य इन संस्थाओं द्वारा किया जा रहा है। कहीं कहीं पर तो जो युवा वर्ग पढ़ाई कर रहा है। स्काउटिंग, एनसीसी, एनएसएस तथा स्नातक पढ़ाई करने वालों को शिक्षण संस्थाओं की तरफ से प्रोजेक्ट भी दिये जा रहे हैं कि इन सड़कों पर रहने वाले बेसहारा, अनाथ बच्चों को पढ़ाई के प्रति, स्वच्छता के प्रति आकृष्ट किया जा रहा है और इनमें से जो बच्चे थोड़ा भी पढ़ने में ठीक-ठाक है उन्हें स्कूल में दाखिला कराया जा रहा है। इनके लिए धन उपार्जन करने हेतु युवा वर्ग बड़ी- बड़ी संस्थाओं, कंपनियो और घरों से धन इकट्ठा करके कपड़ा, पुरानी किताबें तथा आवश्यकता संबंधी सामग्रियां मांगकर उनकी जरूरी आवश्यकताओं को पूरा कर रहे हैं।

एक सत्य घटना से आपको परिचित कराते हैं। एक बार की बात है कि एक पैर से अपंग अनाथ बच्चा था और रोज हमारे ऑफिस में भीख मांगने के लिए आता था। उसे लोग पैसे दे दिया करते थे। इस तरह से एक माह बीतने लगा। एक दिन मैंने पूछा कि क्या बेटा पढ़ना चाहते हो उसका जवाब था। हां मैं पढ़ना चाहता हूं। मैं क्लास पांच पास हूं। मेरे मां-बाप का देहांत हो गया है। भीख मांगकर पेट पालता हूं। पढ़ाई कैसे करूं। ऐसी बातें सुनकर सभी सहयोगिया ने तय किया कि इस बच्चे को आगा पढ़ाना है। और उस बच्चे को किताबें, ड्रेस आदि की व्यवस्था कराके उसे हाई स्कूल पास करा दिया गया।

विभाग के एक सहयोगी ने उसे टाइपिंग स्कूल में दाखिला कराकर उसे टाइपिंग सिखलाई। आज वह बच्चा कचहरी के सामने बैठकर चिट्ठियों को टाइप कर अपनी आजीविका चलाता है। तथा आगे की पढ़ाई पूरी करने में लगा हुआ है। इससे यह शिक्षा मिलती है कि पढने-लिखने के लिए और अच्छा जीवन जीने के लिए इच्छाशक्ति की आवश्यकता है न कि धन की।

जो व्यक्ति मेहनत से पैसा कमाता है, वह एक-एक पैसे का कद्र करता है, महत्व रखता है। समय का महत्व, पैसे का महत्त्व और अवसर का महत्व व्यक्ति को अपने को नियंत्रित रखते हुए सदैव आगे अग्रसर होने के लिए प्रेरित करता है।

अंजलि सिफ़र

'ग़ज़ल'

आइने में है अभी खुद को निहारा भी कहाँ
मेरी ज़ुल्फ़ों को हवाओं ने सँवारा भी कहाँ

उनसे मिलने की भी दिखती नहीं सूरत कोई
हिज्र का दर्द मेरे दिल को गवारा भी कहाँ

चंद सिक्कों में कोई ख़्वाब खरीदे कैसे
चंद सिक्कों में तो होता है गुज़ारा भी कहाँ

जिसके दम पर मैं करूँ रातें मुनव्वर अपनी
मिल सका ऐसा मुझे कोई सितारा भी कहाँ

तुमने बेशक न कहा जाने को महफ़िल से 'सिफ़र'
चल दिये जब तो हमें तुमने पुकारा भी कहाँ

सीमा चौपड़ा

मैं भी अब जीने लगी हूँ

भीगती नहीं हैं अब मेरी पलकें,
गम तो हैं, मग़र अश्क़ क्यूँ छलकें,

आँसू अपने पीने लगी हूँ!
मैं भी अब जीने लगी हूँ!

कितने टूटे अधूरे सपने,
कितने छूटे पराये और अपने,

सब कुछ अब भूलने लगी हूँ!
मैं भी अब जीने लगी हूँ!

क्या है खोना और, क्या है पाना,
उपेक्षाओं से नहीं है तन को खोना,

ज़ख्मों को अब सीने लगी हूँ!
मैं भी अब जीने लगी हूँ!

नहीं प्रतीक्षा अब किसी की,
नेह द्वेष अब किसी से,

खुद ही खुद को रचने लगी हूँ!
मैं भी अब जीने लगी हूँ!

दुनिया के मेले में थी अकेली,
चेहरों की भीड़ में खुद ही को भूली,

अपने चेहरे को अब पढ़ने लगी हूँ!
मैं भी अब जीने लगी हूँ!

भीगती नहीं हैं अब मेरी पलकें,
गम तो हैं मगर अश्क़ क्यूँ छलकें,

आँसू अपने पीने लगी हूँ
मैं भी अब जीने लगी हूँ!

वीनिता मोहता

नारी एक, रूप अनेक

मेरे मन में अनंत प्रेम था समाया,
मैंने ही प्यार का अंश अंश उपजाया,

मैं ही अंबर, में ही धरती,
मैं ही आसमां का चमकता सितारा

मां बहन बेटी और पत्नी बन मिला था,
तुम्हें ईश्वर का उपहार मगर अब नहीं चाहिए,

किसी का सहारा मैंने खुद अपना नसीब संवारा।
प्रेम दिया बदले में चाहा सिर्फ मान और सम्मान,

मगर कर मुझ पर अत्याचार मेरी शक्ति को ललकारा।
कभी बना सीता, कभी द्रौपदी भरी सभा में अपमान किया,

प्रेम में बना मीराबाई जहर का प्याला मेरे नाम किया,
अब और नहीं सहेंगे हर जुल्म का होगा प्रतिकार,

मेरी परवरिश पर और सवाल अब ना उठने दूंगी,
मेरी कोख को और बदनाम ना होने दूंगी।

बहुत लिख ली प्रेम कविता और कराया अधरों से मधुपान,
प्रेम में बन गई थी राधा, कभी शिव मुझ में समाया आधा,

मगर अब चंडी बन संहार करूँगी, मेरी अस्मत से जो खेले,
उसका संपूर्ण विनाश करुंगी, उसका संपूर्ण विनाश करूँगी....

वंदना सोलंकी

आज की नारी

कभी साथी बनकर
कभी साकी बनकर
कभी प्रेरणा बनकर
कभी उपमा बन कर
नई राह बनाना जानती है !!
बंदिशों में रहना
डर डर कर रहना
घूंघट पर्दे में रहना
खामोशी नहीं अब रहना
न को न कहना जानती है !!
अपनी खातिर
अपनों की खातिर
स्वाभिमान की खातिर

परिवर्तन की खातिर
पहल करना जानती है !!
घर से बाहर की छोड़ हो
प्रतिस्पर्धा की होड़ हो
ज़िंदादिली से जीती है
संतुलन बना के रखती है
हर कार्य बखूबी साधना जानती है!!

ये आज की नारी है
जो स्वयं की बनाई राह पर
सगर्व चलना जानती है !!

अनूपा हरबोला

प्यार माँगा था...

कुछ और तो नहीं
सिर्फ प्यार माँगा था उनसे।

आसमान तलक प्यार करते थे उनसे
उसी बेहिसाब प्यार के बदले थोड़ा सा इक़रार माँगा था।

आँखों की रोशनी बन गये थे वो
हमारे अल्फ़ाज़ बन गये थे वो
उसी रोशनी की चमक और उन्हीं अल्फाजों की आवाज़ को माँगा था।

बेहिसाब धड़कनों में उनकी ही ताल सुनायी देती थी हमें
हर आहट में उनकी खुशबू आती थी हमें
खुद की धड़कनों के लिए उसी मुश्क की एक छिटक को माँगा था।

शायद कुछ मुग़ालता ही था जो हम न बन सके
उनके अहसासों की मल्लिका
अपनी साँसों का दे चुके थे हम पूरा का पूरा बक्सा
उसी मुग़ालते का थोड़ा सा हिसाब माँगा था हमने
प्यार माँगा था हमनें।

कोमल वाधवानी 'प्रेरणा'

एक मात्र दिवस

'बधाई!' एक परिचित साहित्यकार का जोशभरा स्वर सुनाई दिया।

'बधाई? किस बात की बधाई? 'मैंने अनजान बनते हुए पूछा।

'अरे! आज तो आपका महिला दिवस है।'

मेरी ओर से औपचारिक या अनौपचारिक उत्तर

न पाकर कुछ पल सन्नाटा रहा।

'मैडम, हमने सोचा था आज के दिन आप बहुत खुश होंगी, पर आप तो बात करने के मूड में ही नहीं लग रहीं।'

'तीन सौ चौंसठ दिन आप पुरुषों के ...सिर्फ एक दिन बधाई देकर किसे खुश करना चाहते हैं ?' कहते-कहते मैंने फ़ोन रख दिया।

आज का दिन ज़रूरत से ज्यादा ही बोझिल हो गया। दूसरे के होठों पर आई हँसी भी मानो मेरा मजाक उड़ा रही थी। एक बार ख्याल आया फिर किसी ने फोन किया तो...? क्यों न रिसीवर उतारकर ही रख दिया जाए। फिर सोचा क्यों न अपनी दीदी से बात कर लूँ।

'दीदी, आप इतनी बड़ी डॉक्टर हैं... सबकी संगिनी के नाम से मशहूर हैं... आज तो आपके पास बधाई देने के लिए बहुत सारे फ़ोन आए होंगे?' 'हाँ !'

'पर मैंने आपको बधाई देने के लिए नहीं, एक प्रश्न पूछने के लिए फ़ोन किया है। आज एक दिन कोई पुरुष यह विश्वास दिला सकता है कि आज...सिर्फ एक दिन कहीं भी कोई दुष्कर्म नहीं होगा?'

'कोमल, तुम यह संवेदनशील प्रश्न अपनी डायरी में नोट कर लो।' डॉक्टर

दीदी के जवाब में ठंडापन था।

इधर हमारी बातचीत चल रही थी और उधर सिर्फ साठ किलोमीटर दूर दुष्कर्म की घटना घट रही थी। अगले दिन समाचारपत्रों की सुर्खियों में पहले पन्ने पर ख़बर थी, 'महिला दिवस पर इंदौर के मॉल में नौ साल की बच्ची के साथ दुष्कर्म।'

महिला दिवस पर इस ख़बर को क्या समझा जाए... बधाई या महिला दिवस का तोहफा?

डॉ प्रतिभा त्रिवेदी

दशानन वध

अपनी कालोनी का रावण दहन कुछ ही समय में संपन्न हो गया और भीड़ ने अपने अपने घरों की ओर रुख किया, लेकिन आज वैशाली का मन अपने शहर के चर्चित बड़े रावण दहन को देखने का हो रहा था। उसने शिखर यानी पतिदेव से अनुरोध किया कि-

'शिखर चलो ना, आज दशहरा मैदान का बड़ा वाला रावण दहन देखते हैं, प्लीज शिखर चलो ना।'

शिखर ने भी कार की स्टेयरिंग दशहरा मैदान की ओर मोड़ दी थी। ज्यों-ज्यों कार दशहरा मैदान की ओर आगे बढ़ती जाती थी त्यों-त्यों भीड़ भी बढ़ती जा रही थी। मोटर साइकिल, स्कूटर, ऑटो और लेटेस्ट ट्रेंड की बड़ी फोर व्हीलर गाड़ियां भी लंबी लंबी कतारों में ट्रैफिक जाम के कारण मंथर गति से सरक रही थीं।

ट्रैफिक जाम से उत्पन्न झुंझलाहट शिखर पर हावी होने लगी और वह उस घड़ी को कोस रहा था कि क्यों वैशाली की बातों में आकर यहां आने की ठान ली। वैशाली भी मन ही मन शर्मिंदा हो रही थी कि नाहक ही आज रावण दहन देखने की जिद कर बैठी।

तभी चौराहे पर ट्रैफिक पुलिस ने बढ़ती भीड़ को देखते हुए हुए समस्त व्हीकल को डायवर्ट करना शुरू कर दिया, यानी अब आगे नहीं जा सकते। पैदल चलने वालों की भीड़ किसी महासागर में उठने वाली लहरों की मानिंद बढ़ती जा रही थी। अब कारें ऐसी जगह फंस चुकी थीं कि जहां ना आगे बढ़ना संभव था और ना पीछे मोड़ना मुमकिन था, सिवाय बेबसी के अब कुछ भी नहीं किया जा सकता था।

वैशाली के मन ही मन में कहीं रामायण का वह सीन चलने लगा था जब स्वर्ण मृग को देखकर सीता ने भगवान् राम से स्वर्ण मृग पाने की जिद की होगी और श्री राम इसी तरह विवश होकर गये होंगे। अभी मानस पटल पर उद्वेलन जारी रहता कि एकदम कार की खिड़की के पास लगभग चालीस साल के खिचड़ी नुमा बालों वाले सायकल सवार ने माँ को कलंकित करती भारत देश की बहुचर्चित गालीबकना आरंभ किया। वह शायद भीड़ के बीच दशानन वध का अलग ही किस्म का आनंद मना रहा था। कार में बैठी महिलाओं ने भी गालियाँ सुनी लेकिन अनसुना करने में ही सबकी भलाई थी। वह सायकल सवार अब आगे स्कूटी में सवार युवतियों के पास आकर बेहूदगी करने लगा था।

यह समय केवल ट्रैफिक जाम से किसी भी तरह बाहर निकलने का था, कोई भी खामख्वाह पंगा नहीं लेना चाहता था लेकिन उस सायकल सवार की हरकतें बढ़ती जा रही थी। तभी अकस्मात पीछे से आ रहे स्कूटर सवार ने एकाएक अपनी स्कूटर की रफ्तार तेज करके ठीक सायकल सवार के सामने खड़ी कर दी और उसे एक पल भी सम्हलने का मौका दिये बिना थप्पड़ों की बौछार कर दी।

साथ ही वह कहता जा रहा था, 'तुम्हारे जैसे रावणों का वध करना ज्यादा जरूरी है। स्साले भीड़ का फायदा उठाकर बदतमीजी करते हैं।'

अब सायकल सवार अपनी हरकतों के लिए शर्मिंदा था। स्कूटर वाले ने अपनी गाड़ी स्टार्ट की और भीड़ में खो गया। वैशाली को अब किसी रावण दहन देखने की लालसा नहीं थी, अभी अभी श्री राम के रूप में स्कूटर सवार द्वारा कलयुगी रावण का दहन वह देख चुकी थी।

शिखा पांडेय

प्रेम

'विशाखा मैं अमन को कभी नहीं भूल सकती और न ही चिराग को दिल से अपना पाऊंगी।' रोती हुई काव्या पार्क से निकल गई और मैं वहीं जड़वत सी हो गई थी। अमन और काव्या के प्यार का साक्ष्य थी मैं लेकिन जाति भेदभाव की अग्नि में उनका प्रेम स्वाहा हो गया था। वो दिन भी आया जब काव्या दुखी मन से अपने ससुराल विदा हो गई। मेरे भी पति का ट्रांसफर दूसरे शहर हो गया। लेकिन लगभग रोज हमारी सखियों की बात हो ही जाती थी। धीरे धीरे ये सिलसिला कम होता गया। मैं अपनी गृहस्थी में व्यस्त हो गई और वो अपनी लेकिन जब भी हमारी बात होती काव्या असंतुष्ट सी लगती। कई बार मैंने समझाने की कोशिश की कि जब तक तुम अमन की यादों से बाहर नहीं निकलोगी तब तक चिराग के प्रेम को महसूस नहीं कर पाओगी लेकिन कभी उसने कोशिश तक नहीं की। चिराग जैसा सुलझा पति पाकर भी काव्या मृगतृष्णा की ओर भाग रही थी। मैंने भी ईश्वर को सौंप कर काव्या को समझाना छोड़ दिया। लगभग दो महीने बाद मुझे खबर मिली की काव्या को कैंसर हो गया है। अपनी सखी का दर्द सुनकर मुझसे रहा न गया और अगले दिन मैं निकल पड़ी काव्या से मिलने।

वो पहचान में न आ रही थी उसका निस्तेज चेहरा उदास आंखें और सूखे होठ मुझे विचलित कर रहा था। शादी के बाद मैं पहली बार चिराग से मिली थी। लेकिन चिराग का निःस्वार्थ भाव से काव्या का ध्यान रखना मुझे

सुकून दे रहा था। काव्या बहुत कुछ कहना चाह रही थी लेकिन उसके आंसू उसे बोलने न दे रहे थे। पर उसकी आंखों में आज मुझे चिराग के लिए वो प्रेम दिखा जो चिराग की आंखों में काव्या के लिए था।

आज मैं प्रेम के सच्चे स्वरूप का दर्शन कर रही थी। मुझे यकीन था इनका ये प्रेम इन्हें जीने की प्रेरणा देगा।

आरती अशेष चितकारिया

सब दिन तुम्हारे नाम हैं!

तुम कामना, तुम प्रेरणा, तुम आस्था-विश्वास हो
तुम हो सतत श्रम की कथा, संघर्ष का अभ्यास हो।

तुम ज्ञान हो तुम चेतना, तुम शक्ति का संचार हो
तुम आत्मबल तुम साधना, अन्याय का प्रतिकार हो।

सम्बन्ध का विस्तार हो, नव सृजन का आधार हो
जीवन - विटप को मनुजता से सींचती रसधार हो।

तुम सभ्यता तुम संस्कृति, लज्जा तुम्हीं संस्कार हो
नारी तुम्हीं से हर कला, तुम लेखनी की धार हो।

तुम प्रेयसि-तुम संगिनि, तुम सहचरि-नुगामिनी।
अपनत्व हो, मातृत्व हो, तुम प्रेम की संजीवनी।।

तुम चाहतों की हो ग़ज़ल, तुम हो समर्पण - गीत सी।
कोमल स्वरों में गूँजते पावन मधुर संगीत सी।।

तुमसे जगत में है क्षमा, स्नेह और अनुराग है।
संवेदनाएं शेष हैं, सद्भावना है त्याग है।।

पथ में सुमन या शूल हो, अविराम तुम चलती रहो
मन के गहनतम तिमिर में, तुम दीप बन जलती रहो।

तुम बुझ गईं तो सृष्टि में, आलोक कैसे आएगा।
यदि तुम थमीं तो ज़िन्दगी का, कारवाँ थम जाएगा।।

इक दिन नहीं हर वर्ष का, सब दिन तुम्हारे नाम है।
तुमको समर्पित हर प्रहर, वह भोर है या शाम है।।

हिमानी भट्ट

जिंदगी जीने का एहसास है आंखें।
सच और झूठ की पहचान आंखें।

मन की जुबान कहने का जरिया है आंखें।
अच्छे और बुरे की पहचान है आंखें।

इसकी नियत में क्या है वह पहचान है आंखें।
प्रेम क्रोध और कोमल भाव की पहचान है आंखें।

समंदर की तरह छलक जाता है प्यारा आंखों में।

कोमल रूद्र मासूम ईर्ष्या मोह माया ममता यह भी भाव है आंखों के।
दिल की गहराई से देखा जाए जरूर महसूस होगा की आंखें बोलती हैं।

'नीता धनखड़'

अपने अकेलेपन को, तुम एकांत बना लो
पा कर मुक्ति हर व्यथा से, मन को शांत बना लो

अकेलेपन में है, एहसास एक मजबूरी का
मन में दबी हुई, किसी आस अधूरी का

एकांत में मिलती है स्पष्ट झलक स्वेच्छा की
खुशी छिपी हो मानो अपनी ही किसी इच्छा की

अकेलापन देता है, जन्म हमेशा विघटन को
एकांत में मिलती है, शक्ति अपने सृजन को

अकेलेपन में हम, पाते हैं भाव उदासी का
एकांत में हो जाता है, मन अपना सन्यासी-सा

अकेलेपन में होता है, मन का खालीपन
एकांत में मन होता है, एक महकता मधुबन

अकेलापन करता है, कमज़ोर तुम्हें अंदर से
एकांत तुम्हारा बन जायेगा संबल आत्म मंथन से

अकेलापन दर्शाता है, अभिमान तुम्हारा
एकांत में है, आत्म -सम्मान तुम्हारा

अकेलापन करता है, हनन तुम्हारी क्षमता का
एकांत में करते हो मूल्यांकन अपनी प्रतिभा का

मेरी इस विनती को, तुम अन्यथा मत लेना
अपने अकेलेपन को, एकांत बना लेना !!

डॉ लक्ष्मी कुशवाह

आधुनिका

मेरी सहेली शोभना डॉक्टर है और काफी आधुनिक भी। एक दिन न्यू मार्केट में मिल गये मिलकर खुशी से झूम उठे दोनों ने एक-दूसरे के फोन नम्बर लिये। दोनों ने एक-दूसरे के परिवारों की जानकारियां ली मालूम पड़ा उसका पति डॉक्टर है। दोनों का प्रेम विवाह है एक क्रिश्चियन है और एक ठेठ ठाकुर वो भी यूपी का। सास-ससुर ने साफ-साफ कह दिया था कि विवाह में हम कोई मदद नहीं करेंगे। सारा शादी का खर्चा मेरी सहेली के माता-पिता ने ही उठाया था सास-ससुर को यह अफसोस था कि उनका लड़का जो कि लाखों का चैक था फ्री फोकट में हाथ से निकल गया इसलिये मेरी सहेली को ससुराल में कोई पंसद नहीं करता था। ऊपर से विजातीय बहु। तेज तर्रार, एक दिन सुबह-सुबह उसका फोन आ गया मैंने फोन उठाया तो उसकी रूंधी हुयी आवाज आयी मैं घबरा गयी मैंने पूछा क्या हुआ जल्दि बोल सब खैरियत तो है वह बोली लक्ष्मी यार अब बहुत हो गया अब बर्दाश्त नहीं होता। यह मेरा ससुर जब-तब मेरे घर आ जाता है और मेरे आदमी के कान भरता रहता है खुद भी हाथ उठाता है और आदमी से भी पिटवाता है, बच्चे बड़े हो गये हैं उन पर क्या प्रभाव पड़ेगा। पति और ससुर ने आज मुझे बहुत मारा है सिर और आंख में चोट आयी है अब मैं थाने जा रही हूं रिपोर्ट लिखवाने तू फोन पर ही रहना, मुझे तेरी मदद की

जरूरत पड़ सकती है। मै सकते में आ गयी एक पढ़ा-लिखा वो भी डॉक्टर अपनी डॉक्टर पत्नि के साथ ऐसी हरकत करता है मन खिन्न हो गया। वह बोली मेरा आदमी खुद भी डाक्टर है और पुलिस वाले सभी उसे जानते हैं, वो मेरी बात नहीं सुनेंगे और हां भगवान के लिये तू भी मुझे समझोते का लेक्चर मत देने लगना।

शाम को फिर उसका फोन आ गया बोली लक्ष्मी थाने में रिपोर्ट लिखाना बड़ी टेढ़ी खीर है। मैं समझ गयी उसे सहानुभूति की जरूरत है उसके मन में बहुत क्रोध भरा था। वह बोली ऐसा लग रहा है कि सब मार्कशीट जला दूं। क्या मतलब ऐसी पढ़ाई का जब मैं ही न्याय के लिये भटक रही हूं। मैंने थाने का नम्बर लेकर बात की तो पता चला कि कोई बड़ी कानून व्यवस्था की समस्या हो गयी है। सारा फोर्स अचानक वहाँ चला गया था एस पी साहब ने उसकी रिपोर्ट दूसरे थाने में करवा दी थी मैंने रिपोर्ट उसे वाटसअप करने कहा जब रिपोर्ट पढी तो उसमें केवल उसके ससुर का नाम था पति का नहीं। मैंने पूछा इसमें तेरे पति का नाम नहीं दिख रहा मारा तो तुझे दोनों ने ही है न, वह बोली मैंने पति का नाम नहीं लिखाया क्योंकि पति ने माफी मांग ली है वो अब मारपीट नहीं करेंगे। मैंने उन्हें माफ कर दिया है। अगर मेरा पति फिर से मारपीट करेगा तो मैं उसे छोडूंगी नहीं उसकी रिपोर्ट लिखाऊंगी। उसे जेल में बंद करवा दूंगी। पर वो मेरा ससुर बुड्ढा उसने अभी तक माफी नहीं मांगी है जबतक उसे जेल न भेज दूँ मुझे चैन नहीं आयेगा।

एक दिन फिर उसका फोन आ गया लक्ष्मी अब में केस वापस ले रही हूं ससुर जी और मेरे बीच समझौता हो गया है मैंने कहा यह तो बहुत अच्छा हुआ। वो तो बुर्जुग हैं उनकी बातों का बुरा मत माना कर। मैंने पूछा क्या समझौता हुआ है? वह बोली मैंने पुलिस वालों से कहा है कि यदि ये हमारे घर नहीं आयेंगे और डॉक्टर साहब से कोई संबध नहीं रखेंगे तभी मैं केस वापस लूंगी और ससुर जी इस बात के लिये मान गये हैं अब वो कभी हमारे घर नहीं आयेंगे। यार अब मैं सूकून से रह सकूंगी, मैंने पूछा और तेरे पति, इस बात के लिये मान गये? वह बोली हां क्यों नहीं मानते। क्या उन्हें भी जेल जाना है।

कामना मिश्रा

लापता थी मैं, मेरा पता लगाने की कोशिश करते, तो अच्छा होता

पहेली सी थी, सुलझाने की कोशिश करते, तो अच्छा होता गीत, ग़ज़ल,

कविता थी, गुनगुनाने की कोशिश करते, तो अच्छा होता

दूर हो गई थी, मजबूरियों और ग़लतफ़हमियों के चलते, नज़दीक लाने की कोशिश करते, तो अच्छा होता

स्वच्छंद नदी सी, हवा सी उड़ती थी, कैद करने की कोशिश न करते, तो अच्छा होता

तितली सी बागों में उड़ती थी, पकड़ कर मेरे परों को बदरंग करने की कोशिश न करते, तो अच्छा होता

जो कभी कह ही न पाई, वो भी सुन समझ पाने की, कोशिश करते, तो अच्छा होता

मैं तो तुम्हारी थी ही, काश ! तुम भी मेरा बनने की कोशिश करते, तो अच्छा होता

बीणा सिंह

....

कभी हम देश की कानून व्यवस्था को नारी शोषण के लिए जिम्मेदार ठहराते हैं तो कभी सामाजिक ढांचे को दोषी मानते हैं। कभी उसके ही कर्मों का फल कह कर उसके क्रिया-कलापों पर प्रश्नवाचक चिन्ह लगाते हैं तो कभी उसके भाग्य का हवाला देकर चुप्पी साध लेते हैं। परन्तु हम अपने परिवारों अपने घरों तथा अपने आस-पास ही शोषण की शुरूआत को या तो देख नहीं पाते या फिर देखकर अनदेखा कर देते हैं। भारतीय परिवेश में आज भी लड़कियों का जन्म लेना ही सबसे बड़ी चुनौती है। आज के बदलते समय में भी लड़कियां माता-पिता को पराई तथा बोझ जैसी ही लगती हैं। इसीलिए जन्म से ही भोजन, शिक्षा, कपड़े, स्वास्थ्य, कार्य आदि सभी में बेटा-बेटी में पूरा भेदभाव होता है। अपने ही माता-पिता तथा परिवार के अन्य सदस्य सबसे पहले ऐसे शोषक होते हैं जिन पर न संदेह किया जाता है न अंगुली ही उठाई जाती है। स्त्री को कमज़ोर बनाने की मुहिम तो अपने ही घर से शुरू हो जाती है। उसे बचपन से ही बताया जाता है कि तुम एक लड़की हो इसलिए तुम कभी भी लड़को की तरह नहीं रह सकती। अतः वह अपने ही भाईयों से अपने को कमतर आंकने लगती और अपने को अपने दायरे में समेटने लगती है और फिर जीवन भर सिमटती ही रहती है।

ग्रामीण परिवेश हो या शहरी। दोनों ही जगहों पर लड़कियों को लेकर एक जैसी ही मानसिकता है। कोई भी अपने परिवार में लड़की का जन्म नहीं चाहता सब बेटे की ही इच्छा रखते हैं और यदि बेटी का जन्म हो गया तो उसके विवाह होने तक किसी तरह उसे भर ही लेते है।

कभी-कभी तो यह भी समझना मुश्किल होता है कि यह शोषण है भी या नहीं। यह भेदभाव है या भविष्य के लिए सही सीख।

बदलते समय में कुछ परिवारों में जागरुकता आयी है। बदलाव भी हुआ है, बेटी को बेटे के बराबर ही अधिकार प्राप्त हैं। परन्तु यह औसत बहुत ही कम है। जहां स्त्री सुरक्षा तथा स्त्री अधिकारों के लिए बहुत बड़े परिवर्तन की आवश्यकता है।

माँ की ममता...

नीलम धारीवाल

जीवन के मुश्किल हालातों में
जब पास न कोई आया हो
किस्मत भी बदल जाती जब
सिर पर मां का साया हो।
मां तेरी ममता की छाया में
मैं अभी न बड़ी हुई हूँ।
तेरे लालन-पालन के कर्मों से
आज अपने पैरों पर खड़ी हुई हूँ।।
मां मेरे दुःख की खातिर
अपने दुःखों को भूल जाती।
अपने हाथों से मुझे खिलाकर
खुद रूखा सूखा झूठा खाती।।
विधाता ने भी स्वीकार किया अब
मां तेरी ममता है सबसे महान।
अपने छोटे से मुख की वाणी से
शीतल छाया का कैसे करूँ गुणगान।।
धन्य हुई मां की ममता जब
ईश्वर भी पुत्र रूप में आया।
आंचल पाकर कहा गोविन्द ने
सर से न उठे किसी भी मां का साया।।

अभिलाषा मिश्रा 'आकांक्षा'

कविता

होली के इस मादक पल में
अपने सभी याद आ गए।
रंगोत्सव की मधुर बेला में
आप मेरे दिलों में छा गए।
कोयल की मिसरी सी बोली
दिल की मेरी बेकरारी बढ़ा गई।
धड़कनें इस तरह से बढ़ती गई
कि आप मेरे सांसों में समा गए।
कुछ इस तरह से शर्माना, नज़रें झुकाना
मदमस्त, मदहोश सी करती गई निगाहें आपकी।
ख़ामोश और मासूम अदाएं आपकी
मेरी दिल को छू गई।
निगाहों का मिलना, चेहरों का खिलना

धीरे धीरे मेरी रूहों में बस गए।
मिलन हुआ रंगों का जब
इक दूजे में समा गए।
होली के इस मनभावन पल में
दोनों, इक दूजे के करीब आ गए।
आपके होठों की लाली
चेहरों पर रंगों कि लाली।
कुछ इस तरह से दिल में बस गए
कि, होली के इस मनोरम क्षण में।
दोनों इक दूजे के हो गए
आप, फिर से मेरे हो गए।

राग्नि उपलपवार

निशक्त ना रह जाऊँ

अपने जब अपने ना रहे,
करें शिकायत किससे।
शाख से टूटा हुआ फूल,
अपनी हिफाजत करे कैसे।

मांझी ही हो जब डरा हुआ,
लहरों पर विश्वास करें कैसे।
काट के पंख उड़ने को कहा,
आस्मां ऊंचा उड़े कैसे।

क्या सचमुच तुम मेरे अपने हो,
जो बार बार परीक्षा ले लेकर।
जीवन संधर्ष के लिये तैयार करते हो

मैं गिरकर उठ जाऊँ,
उठकर फिर संभल जाऊँ,
और दुनिया को संभाल पाऊं।
निशक्त ना रह जाऊँ।
ऐसी कोशिश तो अपने ही करते हैं।

शशि बंसल गोयल

(आलेख)

माँ...

माँ! यह मात्र एक शब्द नहीं, सम्पूर्ण ब्रहमाण्ड का प्रतीक है। ईश्वर द्वारा सर्जित सर्वोत्तम, सर्वमान्य कृति है। वह एक आकार नहीं वरन् संवेदना, करुणा, ममत्व, वात्सल्य, त्याग, साधना, तेज़ और शीतलता जैसे दिव्य गुणों से सुसज्जित वसुधा का अनुपम-अद्वितीय वरदान है। उसे ही आदि, अनंता, सृष्टा, पूज्या जैसे उपादान पाने का गौरव प्राप्त है। वह स्वयं एक अनुष्ठान है। उसकी निःस्वार्थ-भावना आहुति है। वह स्वयं को हवन-कुण्ड बनाकर प्रज्ज्वलित अग्नि के तेज़ और सुगंध से संतान की जीवन बगिया को सजाती-संवारती है। वह जगत में गति का कारण है। वह नहीं तो पूर्ण विराम है। पृथ्वी पर ऐसी कोई स्त्री नहीं, जो अद्भुत, अलौकिक, अतुलनीय मातृत्व सुख को न पाना चाहती हो प्रसव की तीव्र असहनीय वेदना से न गुजर पाने पर अधूरा न महसूस करती हो, समस्त भौतिक सुख सम्पदा के होते हुए भी निःसंतान होने पर संसार की सबसे निरीह और निर्धन प्राणियों में अपनी गिनती न करती हो, अर्थात् स्त्री के लिए उसके जीवन की सार्थकता ही मातृत्व के असीम सुख और आनंद में निहित है।

माँ के मातृत्व की यात्रा संतान के गर्भ में अंकुरण के साथ ही प्रारम्भ

हो जाती है। एक एक पल को वह भरपूर जीती है। कल्पनाओं में लोरियाँ गाती है, पलना झुलाती है, वस्त्र बुनते हुए उसके नर्म, कोमल मखमली हाथ वात्सल्य की गर्माहट वस्त्र में उतार देते हैं। अजन्मी संतान ही उसकी प्रार्थना बन देव-स्थान पर गुंजित होने लगती है। अनेक शारीरिक कष्टों और वेदनाओं के बावजूद उसका मुख मातृत्व सुख से आभामंडित रहता है। गर्भावस्था में स्त्री का दर्प और आत्मविश्वास किसी भी शूरवीर और योद्धा से कम नहीं होता। गर्भ में पल रहे शिशु के पैरों की ठोकर खाकर भी हर्षमिश्रित अश्रुधार व आनंदातिरेक से चिल्ला पड़े, यकीनन वह एक माँ ही हो सकती है।

संतान सुख पाने पर वह स्वयं को किसी पटरानी-महारानी से कम नहीं समझती। ये उसके मातृत्व की ही पराकाष्ठा है कि नन्हे शिशु के रुदन सुनते ही उसका आँचल भीग जाता है, उसकी ममता आँसू बन नयनों से छलक पड़ती है। ऐसा स्नेह एक माँ ही दे सकती है। अमृतपान कराते समय माँ करुणा की साक्षात् मूरत होती है। ईश्वर का शीश स्वयं झुक जाता है ... सुना है, या देखा है कभी किसी माँ को लोरियाँ सीखते हुए? नहीं न? वह तो स्वयं पवित्र, निर्मल झरने की तरह कलकल करती हुई प्रस्फुटित होती है। नवजात शिशु भी माँ के मधुर, मोहक स्वर को, उसके नर्म, नाजुक और सधे हुए स्पर्श को चंद दिनों में ही सहज अनुभूत कर लेता है। ऐसा सम्मोहन, ऐसी दिव्यता और विराटता सिर्फ शिशु और माँ के मध्य ही स्नेहिल रसधार बन प्रवाहित होती है। बच्चे को ऊँगली पकड़कर चलना सिखाना हो, आचार- व्यवहार संस्कार, शिष्टाचार जैसे गुण रोपित करना हो, या फिर बालक के जिज्ञासा भरे एक ही प्रश्न को बार-बार पूछना हो, वह कभी चिढ़ती या खीजती नहीं है। पाई-पाई जोड़कर बचाई गई राशी को बाज़ार में बच्चे की एक ऊँगली के इशारे पर खर्च करने में क्षणांश संकोच नहीं करती। बच्चे के चेहरे पर इच्छित वस्तु के प्राप्य के प्रसन्नता का भाव देखकर उसका रोम रोम पुलकित हो कह उठता है,' मेरा बस चले तो लल्ला ! इस मुस्कान पर पूरा संसार ही वार दूँ ...'

माँ का किरदार सम्पूर्णता, शुचिता, निस्वार्थता, सागर सी गहनता-गंभीरता से सन्निहित होता है। ऐसी अपरिभाषित, अवर्णित, अपरिमित, दिव्य शक्ति से उऋण हो पाना प्रत्येक के लिए असंभव है। वह ईश्वर का ही प्रतिरूप है। वह क्षणांश क्षणांश संतान के प्रति समर्पित रहती है। सच माँ की महिमा अपरम्पार है।

गीता परिहार

डिलीवरी

राम्या को अस्पताल में एडमिट करने कि फॉर्मेलिटी में घंटा भर लग गया। मुझसे उसकी तकलीफ़ देखी नहीं जा रही थी। मैंने डॉक्टर से कहा, 'मैं अपनी पत्नी की डिलीवरी के समय उसके उसके पास रहना चाहता हूं।'

डॉक्टर ने मेरी ओर सरसरी नज़र से देखा, 'क्या आप अपने को तैयार कर चुके हैं?'

'तैयार? कैसी तैयारी? मैंने पढ़ा है पति के लेबर रूम में रहने से पत्नी को बहुत हौसला रहता है। मैं आपके काम में कोई अड़चन नहीं डालूंगा, मैं उसे मोरल सपोर्ट ...'

'ना, नहीं मुझे कोई समस्या नहीं है, तैयारी से मेरा मतलब है, क्या आप अपनी पत्नी को इतने कष्ट झेलते देख पाएंगे? वह चीखेंगी, चिल्लाएंगी।'

'मुझे यकीन है, मेरे साथ होने से उन्हें हौसला मिलेगा, शायद तकलीफ़ थोड़ी कम महसूस होगी।'

'देखिए, अगर नॉर्मल डिलीवरी संभव नहीं दिखी तो हमें इनका ऑपरेशन करना पड़ सकता है, ऐसे में आपका थोड़ा सा भी घबरा जाना, खून देखकर बेहोश होने लगाना, हमारे काम में बाधा डाल सकता है और मरीज़ के लिए ख़तरा बन सकता है।'

मैं कमज़ोर दिल का आदमी हूं, राम्या ने ही मेरा हाथ थपथपा कर कहा, 'आप बाहर रहें, फिक्र न करें, यहां डॉक्टर हैं, नर्सेस हैं।'

'डॉक्टर, प्लीज़ कोशिश करें कि नॉर्मल डिलीवरी संभव हो' अब नाराज़ होने की बारी थी डॉक्टर की।

'क्यों मिस्टर, हम क्यों चाहेंगे कि नॉर्मल डिलीवरी न हो? अब इनकी यह पहली डिलीवरी है, अगर हम केस ख़राब होता देखें और इनकी जान को ख़तरा देखें तो क्या करें?

अभी आप जाइए और यह दवाइयां काउंटर से ले आईए। हमारी हर संभव कोशिश होगी कि नॉर्मल डिलीवरी ही करें, फिलहाल आप ८०,००० रूपए काउंटर पर जमा करा दीजिए।'

डॉक्टर के निर्देश मुताबिक मैंने फौरन रूपए जमा किए और दवाइयां भी ले आया।

अब लेबर रूम में डॉक्टर, नर्स और राम्या थी। मैं जानता हूं अब यह डॉक्टर आकर कहेगी, 'बच्चा उल्टा हो गया है, या कि उसने पेट में पोट्टी कर दी है, उसकी और मां की जान को खतरा है, आप उस फ़ॉर्म पर साइन कर दीजिए।'

सिन्हा बता रहा था उसे यही कहा था, वह बेहद घबरा गया था, उसने फ़ौरन ऑपरेशन के लिए हां कर दी थी।

वर्मा बता रहा था ९९ः डॉक्टरों की कोशिश रहती है कि बच्चे ऑपरेशन से ही पैदा हो और जानबूझकर नॉर्मल डिलीवरी को भी ऑपरेशन का रूप बना देते हैं।

डिलीवरी से पहले और बाद में झोली भर-भर कर दवाईयां देते हैं। डिलीवरी के वक्त औरत का पति तो दूर की बात है, औरत की माँ या बहन को भी अंदर रहने नहीं देते और अंदर डॉक्टर और उसकी नर्स क्या करती हैं, यह तो वे ही जाने!

पड़ोस की शर्माजी की मिसेज बता रही थीं, 'भाई साहब, नॉर्मल डिलीवरी की फीस है

२०,००० से ३०,००० और ऑपरेशन वाली डिलीवरी की ७०,००० से ८०,०००। कौन सा डॉक्टर चाहेगा कि उसके हाथ से यह रूपये निकल जाएं? इसलिए ये नॉर्मल डिलीवरी जानबूझकर नहीं कराते!'

शर्माजी बोले,' आखिर उनको भी तो नोट कमाने हैं, बच्चों को बड़े-बड़े स्कूलों में पढ़ाना है। महंगी गाड़ियां लेनी हैं, बड़ा घर बनाना है, गुंडा टैक्स देना भी पड़ता है।'

मुझे यकीन नहीं हुआ था, मैंने कहा, 'ऐसी बात नहीं है, इंसानियत भी कोई चीज़ होती है? डॉक्टर तो भगवान का रूप होते हैं।'

'इंसानियत से क्या लेना इनका तो पैसा ही धर्म होता है और वही इनका सब कुछ होता है।' हंसे थे शर्माजी, अनुभवी है तीन-तीन बच्चे हैं।

तभी नर्स बाहर आयी, 'मुबारक हो, नॉर्मल डिलीवरी हुई है, आप जच्चा से मिल सकते हो

डॉ वन्दना गुप्ता

जीवनसाथी

'सुनो! मैं तुम्हारा अपराधी हूँ। मैं जानता हूँ कि मैंने तुम्हारे साथ अन्याय किया है। जीवन के तीस बसंत तुमने मेरे इंतज़ार में गुजार दिए, उनको तो मैं नहीं लौटा सकता, किन्तु जीवन का यह अंतिम प्रहर मैं तुम्हें अकेले नहीं गुजारने दूँगा। दोनों बच्चे अपनी जिंदगी में व्यस्त भी हैं और मस्त भी, मैं मिलकर आ रहा हूँ उनसे। वे भी खुश हुए यह जानकर कि अब पापा मम्मी साथ रहेंगे तो वे भी निश्चिंत रह सकेंगे। मुझे एक मौका और दे दो अपनी जिंदगी में आने का.... वादा करता हूँ अब कभी अकेलेपन का दंश न चुभने दूँगा।'

आज तीस वर्ष बाद नीरज फिर कुहू के सामने था। वही नीरज जो पाँच साल के वैवाहिक जीवन की संगिनी कुहू की गोद में छः माह और तीन साल के बच्चों को बिलखता छोड़कर, अपनी सहकर्मी नीता के साथ अलग दुनिया बसाने चला गया था। माता पिता और सास ससुर दोनों ने कुहू को केस करने के लिए समझाया, किन्तु उसका एक ही जवाब था... 'जब दिल से राजी नहीं तो साथ रहने से किसी को खुशी नहीं मिलेगी। मैं बच्चों के साथ खुश हूँ। वे एक जिम्मेदार पति नहीं हैं, किन्तु पिता की जिम्मेदारी से कभी विमुख नहीं होंगे।' विगत तीस वर्षों में बहुत कुछ बदल गया... बड़े

साथ छोड़ गए और बच्चे अपनी दुनिया में रम गए, जो नहीं बदला वह था कुहू का अकेलापन और इंतज़ार....

'हा हा हा.........' अचानक गूँजे अट्टहास से नीरज दहल गया। कुहू तो कभी ऊँची आवाज में बात नहीं करती थी, एकदम सीधी सादी सी... आधुनिक जीवनशैली में अनफिट, इसीलिए तो वह नीता की ओर आकृष्ट हुआ था। उम्र के इस मोड़ पर पाश्चात्य संस्कृति से मोहभंग हुआ और पुरवा की सुहानी बयार उसे फिर कुहू के पास खींच लायी थी। विश्वास था कि भारतीय संस्कारों में पली बढ़ी पत्नी उसे खुशी से स्वीकार करेगी।

'नीरज! इतने वर्षों में नीता के साथ रहकर भी आप मुझे नहीं भूले... नहीं जानती कि यह मेरी जीत है या उसकी हार...? मेरा एक पल भी ऐसा नहीं गुजरा जब आपकी याद न आयी हो... बच्चों के साथ बचपन जीते हुए या उनके दादा दादी की विवशता झेलते हुए, हर पल खुद को बहुत अकेला महसूस किया है मैंने... सोचती थी कि मैंने बहुत कुछ खो दिया किन्तु आज पता चला कि मुझसे ज्यादा तो आपने खोया है....'

'मैंने तो खुद को पा लिया है, अकेले रहकर महसूस हुआ है कि मेरे अंदर यादों का समंदर बहता है, सूरज की तपन और चाँद की शीतलता मेरी जिंदगी का खजाना है, दिन और रात की तरह मैं बढ़ती घटती रहती हूँ, ये जो वक्त मुट्ठी से फिसल रहा है रेत की तरह... सुख-दुःख और खुशी-गम के अनमोल शंख और सीपियाँ धरोहर के रूप में देकर जा रहा है... अब मुझे और क्या चाहिए भला......'

'कुहू! मुझे माफ़ कर दो... प्लीज...'

'नीरज आज मेरा इंतज़ार खत्म हो गया... मेरा खुद से परिचय कराने के लिए आपका धन्यवाद.... आज जान गयी हूँ कि इतने सालों तक अकेलापन ही मेरा साथी था और शेष जिंदगी में भी वही रहेगा.... वही मेरा सच्चा जीवनसाथी है....और किसी की मुझे जरूरत भी नहीं है....'

सरिता पांडेय

संतुलित, मर्यादित
धीमी धीमी आँच पर;
बड़ी प्यार से,
मनुहार से,
सजगतापूर्ण यत्नों से
रिश्तों की संवेदना को,
पल-पल चलाते रहना;
ये जिंदगी की खीर है!
दिशाहीन-गतिहीन
रफ्तार तेज या फिर धीमे;
थरथराहट-हड़बड़ाहट
बन जाती बड़ी पीर है!
समर्पित हर भावना;
सकारात्मक संभावना;
जो तू इसका रांझणा!
तब ही तेरी हीर है!
ये कहीं जल जाए ना?
तेजी से उफन जाए ना!
सारे किए कराए पर
पानी फिर जाए ना!

सावधान गतिविधियों के प्रति;
सफलता-असफलता है निर्भर;
तू मतिहीन-बुद्धीमान
या अधीर-धीर है!

ये ज़िंदगी की खीर है!

रीना अग्रवाल

गगन में उड़ान भरना चाहती हूँ
परिंदों के सँग छोड़ना चाहती हूँ
मर्यादा में बंधा हैं ये जीवन मेरा
तोड़ ज़ंजीर भागना चाहती हूँ
सवाल बनी ज़िंदगानी मेरी
खुद जवाब जानना चाहती हूँ
पथरीली राहों में फूलों से ख्वाब
अमन का चमन लगाना चाहती हूँ
बीत गयी सारी घड़ियां मनाने में
अब चाहतों से रूठना चाहती हूँ
हर घड़ी इंतज़ार पल पल सबका
सुलगती राहों में चलाना चाहती हूँ
उफ्फ्फ ये चाहतें रीना उम्रभर की
खुल कर इसमें भीगना चाहती हूँ

डा. मीरा सिन्हा

ब्लू रंग

रंजीत को ब्लू रंग बहुत पसंद है। उसे शर्ट ब्लू, पैंट ब्लू, जूता ब्लू, स्कार्फ ब्लूू, सब ब्लू ही चाहिए। यहां तक कि उसने अपनी नई रॉयल इनफील्ड भी ब्लू ही खरीदा है। कोई सफेद या क्रीम कलर का सामान रंजीत को गिफ्ट कर दे तो वह उसका सबसे बड़ा दुश्मन होगा। मुझे यह बात पता है, इसलिए मैं उसे ब्लू शर्ट ही गिफ्ट करती हूं। मैंने रंजीत से एक बार पूछा भी 'तुम्हें ब्लू रंग ही क्यों पसंद है? ऐसा क्या खास है ब्लू में? 'उसने कहा' ब्लू में एक अजीब सी कशिश है, वो खींचती है अपनी ओर, जैसे तुम। आई लाइक ब्लू, आई लव ब्लू और हंसने लगा। मैं समझ गई। मेरे बगल में शालिनी थी, शामली (ब्लू) सी। शालिनी रंजीत के बहुत करीब थी।

कुछ दिनों बाद पता चला कि रंजीत की शादी हो गई है। मैंने उसे फ़ोन लगाया और मजाकिया अंदाज में पूछा 'क्यों साहब? किस से शादी की? उसी ब्लू वाली शालिनी से? 'उसने जवाब दिया 'नहीं'। मैं अंदर तक हिल गई। फिर पूछा 'ऐसा क्यों? वह तो तुमसे बेहद प्यार करती थी और तुम लोग एक दूसरे के बहुत करीब थे।' रंजीत ने जवाब दिया 'अरे वह सब तो होता रहता है, इसमें कौन सी बड़ी बात है। शादी अलग चीज है, वह सांवली (ब्लू) थी। उससे मेरा जनरेशन खराब हो जाता'। मेरे दिलो-दिमाग में कौनधने लगा। आई लाइक ब्लू, आई लव ब्लू, जेनरेशन खराब, आई लव ब्लू, जेनरेशन खराब।

हेमा शर्मा

बात उस दिन की है जब एक कलम धराशायी थी, चारों और आवाम के कदमों की आहट और हर तरफ आवाम की परछाईं थी।

धराशायी कलम, बस ताक रही थी, उदासीन नज़रो से, कि किसी पाँव में दबकर कुचले जाने से पहले कोई हाथ थाम लो मेरा।

कौन करता इतना साहस, सबकी नज़रों से ओझल थी, क्यूंकि कलम ख़ाली जो थी।

सबका नाम लिखकर समा गया था, उसका वजूद, किसी पर किसी के वादे का नाम, किसी पर किसी के इरादे नाम।

तो लिख दिया था उसने हर शख्स के इरादे को सलाम।

सहसा ही दूर खड़ी मेरी नज़र से भी आ टकराया ये कलम की उदासीनता का मंजर।

मन यूँ घबराया के देकर अपना वजूद हमको, क्यों हो गए तुम उदासीन।

सहसा मन से भी वही तरंग झलकी ये तो ख़ाली है।

फिर कलम की ही तरह उदासीन मन मचला और बोल उठा।

दी है जिसने मुझे अपनी ताकत, दी है जिसने मेरे मन के ठहराव को गति।

दिए हैं जिसने मेरे विचारों को अल्फाज़,कैसे उसे धराशायी होने दूँ। कैसे उसको यूँ ही मिट जाने दूँ?

क्या हुआ जो ये मेरे हाथ में ख़ाली कलम हो इसने मुझे सम्मान दिलाया है, अपनी ताकत से, अब मेरी बारी है।

माना कि ताकत का हथियार नहीं है मेरे हाथों में, पर जो धराशायी

है, वही मेरी ताकत है।

न वक्त जाया किया, बस हाथों में थाम लिया अपनी शान, कलम को।

कहीं से आवाज़ आयी, ये तो ख़ाली है, फेक दो।

क्या समझाती, मुझे तो फर्ज अदायिगी करनी थी।

ख़ाली होते वजूद को ही तो बचाना था, इसे पास रखकर, इसी से, इसकी ही ताकत को लिख देना है।

दुनियां का दस्तूर दास्ताने कलम ने समझा दिया, कभी खाली न होने दो अपना वजूद, वरना किसी फर्स पर नज़र आओगे।

भरे रहने दो मन के कोने कभी सद्भावना से, कभी समझ से, तो कभी संस्करों की श्याही से,

वरना छोड़ दिए जाओगे ख़ाली समझकर।।